出ていけ、と言われたので
出ていきます 4

主な登場人物
イヴェッタ・シェイク・スピア&三毛猫
第３王子の婚約者だったが、婚約破棄されたことで冒険の旅に出る。ギュスタヴィアと結婚するため、エルフの国へ訪れることに。
ギュスタヴィア
エルフの王族。遺跡の地下深くに封印されていたところ、イヴェッタが偶然封印を解いてしまった。イヴェッタと結婚するために３００年振りに故郷へ帰還。

ウィリアム王子&マリエラ
卒業パーティーでイヴェッタを追放した主犯。イヴェッタが去って以降蔓延した「呪い」に翻弄されている。
冥王ハデス
イヴェッタを「憤怒の竜」にするために手を尽くしていたが、いつの間にか子を見守る親のような感情が芽生えてきた序列トップの神。
ルカ・レナージュ
エルザード国国王。300年前に封印したギュスタヴィアが復活し、エルフの国へ訪れたことに戦々恐々としている。

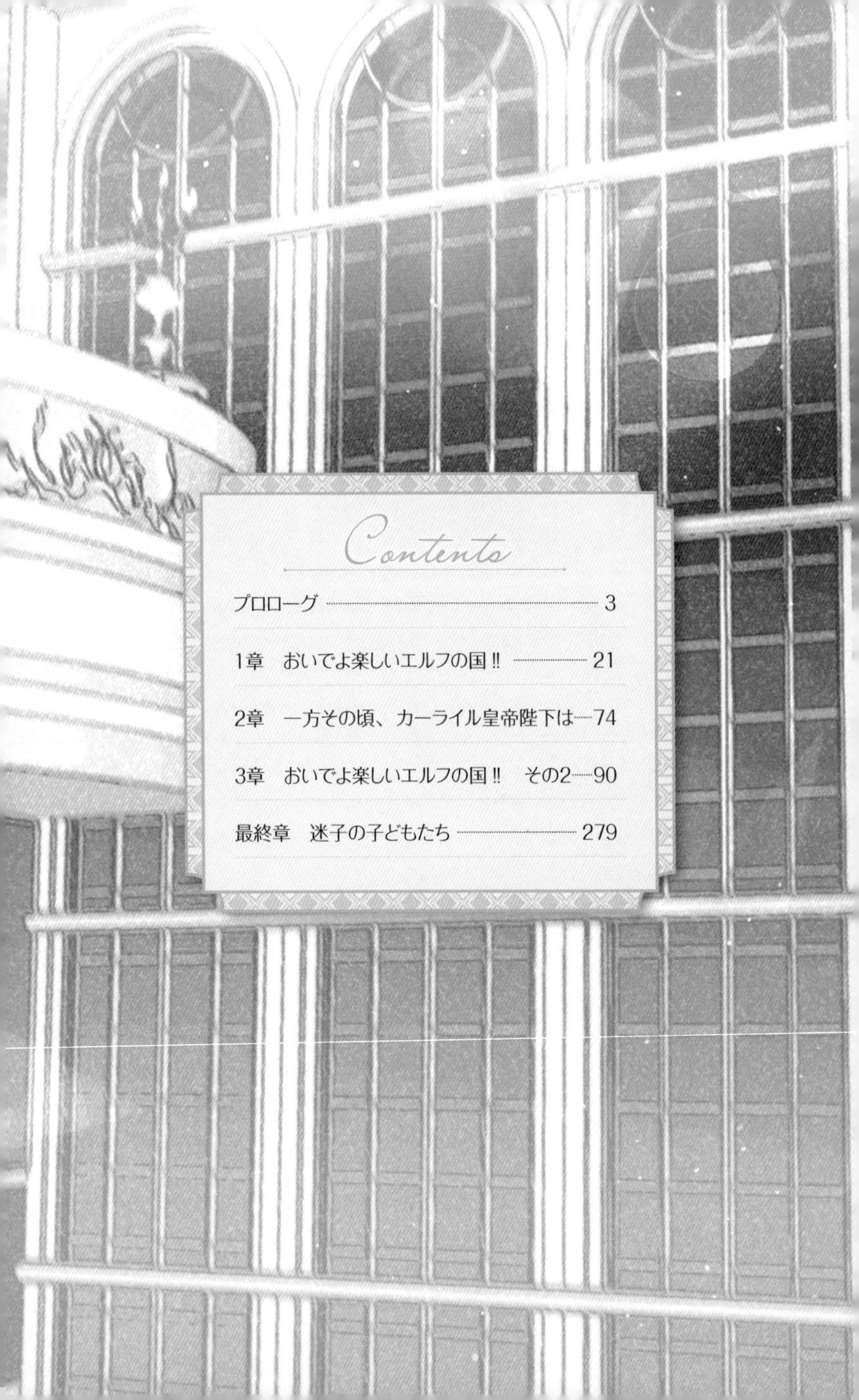

Contents

出ていけ、と言われたので出ていきます 4

枝豆ずんだ

イラスト
緑川　明

プロローグ

秘密があった。

母親という女の胎《たい》の中にいた頃から、ギュスタヴィアには自己意識があった。生まれてもいないうちから、自分とその他の存在がはっきりと区別できていて、自分が女の胎の中にいて、その女が始終自分に話しかけている言葉の意味も、理解できていた。

生まれた時、女の願いを聞いた。燃やしてくれと、焼き尽くして苦しみの内に。この世から何もかも消してくれという懇願。女の悲願。ギュスタヴィアを産んだ意味。望みを叶《かな》えるために産んだ女の憎悪。母と子、という概念が互いになかった。願いを叶える者と、乞う者。他人の願いを叶えたことが、ギュスタヴィアが生まれて最初にしたこと。

赤ん坊が生まれて最初にすることは泣くこと。母体に繋《つな》がり生かされた環境から、自分自身で呼吸をして生きていくためにつかみ取る最初の行動。それをギュスタヴィアは行わず、最初にただ、母親という女の願いを叶えた。結果、女は焼かれて死んだ。母体との決別が赤子に必要な儀式というのなら、確かに滞《とどこお》りなく行った、とも言えようか。しかしギュスタヴィアには業《ごう》ができた。他人の願いを叶えるために生まれてきたような、そんな呪《のろ》い。

1章　おいでよ楽しいエルフの国!!

「青空に白い雲。美しい庭園の花々……は、まぁ、少し……大分《だいぶ》……ほぼほぼ、焼き尽くされましたが。まぁいいでしょう？　概《おおむ》ね、良い景色だと思いませんか、イヴェッタ。結婚の報告だけでなく、新婚旅行としてエルフの国、エルザードは良い場所かと。五大名所の七色に輝く滝……は、昔私が山ごと吹き飛ばしたので跡地しかありませんが……あと四つは残っているはずです」

「…………」

にこやかな顔で言い放つギュスタヴィア様に、私は「これはエルフジョークなのか」と本気で悩んだ。どう見ても焦土《しょうど》と化した、宮殿の中庭。周囲には甲冑《かっちゅう》姿の立派なエルフの騎士たちが警戒態勢を取ってこちらをぐるりと取り囲んでいる。

どこか里帰り気分でウキウキされているギュスタヴィア様は彼らの様子を「歓迎されていますね」と楽しそうに言っているが、どう見ても歓迎されていない。

先ほどギュスタヴィア様が「兄上」と呼んだ金髪のエルフの男性は泡《あわ》を吹いて失神してしまっている。そのお兄様を抱きかかえてこちらの動きを注視しているのは、緑の髪の体格の良いエルフの男性だ。

「……王弟殿下」

さて、自分はどう振る舞うべきだろうか。こういう時に、大人しくて無害そうなイヴェッタの仮面は便利なのだけれど。

「やぁやぁ！　どうも、お控えなすって！　某《それがし》、生国《しょうごく》と発しまするはルイーダの生まれ、姓はなく、名はカラバ、猫騎士のカラバと申します！　こちらにおわすお方は某の主人、イヴェッタ様にございます!!」

私が迷っていると、ギュスタヴィア様の足元から勢い良く飛び出した猫騎士さんが、片手を後ろに回し、もう片方の手を前に出して、いつの間に覚えたのか立派な名乗りをなさった。

「ね、猫が……喋《しゃべ》った！　魔物か？」

「尾が二つに分かれてる、化け猫じゃないか？」

「なんで王弟殿下が化け猫を連れて……」

「か、可愛い……」

周囲のエルフさんたちに動揺が走った。もふもふとしたカラバさんは当人（猫？）がどれほど勇ましくしていたとしても、どう見てもふわっふわの可愛い猫さんである。そんな愛らしい毛玉に向かって敵意を持ち続けられるほど、エルフの方々は非情ではないらしい。

「おや、大人しくなりましたね。邪魔なので燃やそうかと思っていましたが……」

「ギュスタヴィア様、そういう感じだからこういう対応をされるんですよ」

「私に守られてきた国民なので、私の邪魔をしたら殺されるのは当然では？」

さらりと言う。私は額を押さえた。確かに「滅ぼしても問題なさそうな国」としてこの国を行先に選んだのはある。だけれどいくら私でも、殺戮《さつりく》を推奨しているわけではない。

コホン、と咳払い一つ。私は先ほど最初にギュスタヴィア様に声をかけてきた、王様の側近らしい方に向かって微笑《ほほえ》みかける。

「ごきげんよう。わたくし、イヴェッタ・シェイク・スピアと申します。色々ありまして、ギュスタヴィア様と結婚することになりました。式場はどちらに？」

「…………………」

長い沈黙。

どうしたことでしょう。物凄《ものすご》く、丁寧《ていねい》に。丁重《ていちょう》に。友好的に話しかけたのに、側近さんは「何言ってんだこの人間の女」という目で私を見ている。

「もしかして……エルフの方々は結婚式を挙げない、とか？」

「えぇ、それは困りましたね！　ご主人様！　某、ご主人様のベールの端を持つ大役を狙《ねら》っておりましたのに……」

カラバさんと顔を見合わせる。

「……ちょっと、待て……。おい、お前……人間……まさか」

「……あら」

側近さんが私を凝視し、蒼白《そうはく》になった。

ギュスタヴィア様はぐいっと私の腰を引き寄せて私の左手を取った。ギュスタヴィア様が魔力で作った、お揃《そろ》いの指輪がお互いの左手の薬指に嵌《は》められている。

「と、いうわけです」

側近さんが「なにがどうしてそうなったーっ!!」と、膝から崩れ落ちた。

◆◇◆◇◆

「……それで、ギュスタヴィアよ。よくぞ再びこの地に足を踏み入れたな」

エルザードの王宮、謁見《えっけん》の間。立ち並ぶのは急遽《きゅうきょ》招集された貴族たち。一時間もしないうちに全員が集まった。最愛王一人を魔王と対峙させはしないという忠誠心溢《あふ》れる者が多かったからだが、中には「病気です」「子どもが生まれたので」「せめて家族だけでも逃がす準備をさせて欲しい」だなんだと登城を拒否しようとした者もいた。

しかし、顔を見せねばそれを理由に不興を買うかもしれないと思い直してやってきた。

どちらにせよ、自分たちの命はもう短いと貴族たちは悟っている。

玉座のルカ・レナージュはその王冠に相応《ふさわ》しい堂々たる態度であった。家門の当主たちはその姿に勇気付けられる。

あの恐るべき忌《い》み子ギュスタヴィアを上手《うま》く扱い、魔の者たちとの境界線を守るよう命じることのできた偉大なる国王様。この事態にあっても動揺することなく、あの化け物を見下ろしていらっしゃる！

対する悪魔の子。戦闘狂いの王弟殿下、ギュスタヴィアは沈黙していた。３００年前であればこの場に集まった者の「視線が煩《うるさ》い」と首を落とした男が、随分と大人しい。

ので、周囲の貴族たちは「陛下のご威光だ！」と感動していた。

「結婚、というが……お前は仮にも我が弟。王弟である。連れてきたあれは人間種であろう。あのような下等な生き物を王室に入れるわけにはゆかぬ」

おぉ、さすがはレナージュ様！

あのギュスタヴィアを「弟」だとそのように扱われる寛大さ！

そして化け物を前に一歩も引かぬお姿のなんと頼もしいことよ！

それにしても人間種を妻に？

なんだってそのような愚かな真似を……。

囁《ささや》きが漏れるエルフたちに構うことなく、王とその弟の謁見は続く。

「とうにこの身は王室より除外されているものと理解しております。しかし、敬愛する兄上に、我が妻を紹介せずにいるなど、このギュスタヴィア、どうしてもできませぬ」

銀髪に黄金の瞳の、エルフの中でも際立って美しい男。ギュスタヴィア様はその美貌に嘆くような表情を浮かべ、首を振る。

そしてハラリ、と、その美しい黄金の瞳から涙を流した。

「兄上……いえ、親愛なる国王陛下」

「はぁ!? げふん、ごほ……こほん。な、なんだ……弟よ」

「己《おのれ》がどれほど罪深い身であるのか、私は理解しております。無論、この地にて歓迎されるわけがない、と。しかし、しかしながら……だからこそ、償いたいと……許されるのなら……これまでの罪を、償いたいと、そのように、このギュスタヴィアは思っております」

絶対嘘じゃん。

ギュスタヴィアの涙に、周囲がどよめいた。殊勝《しゅしょう》な姿。陛下のご威光はあの悪魔の子を改心させるのかと、感激し両膝をついたままレナージュの御名《ぎょめい》を称える者までいた。

「あ〜……陛下。その、ちょっと……いいですか？」

なんとか一人も死者を出さずに謁見は終了した。生還できたことに抱き合い涙しながら喜び合う諸侯を残し、退出したレナージュの前にロッシェが現れる。

ギュスタヴィアの連れてきた人間種の娘の監視を任せていたはずだが、どうしてここにいるのか。

「……緊急事態か？　あの小娘が暴れたか？」

「……いや、その……ちょっと……なんといいますか……」

「どうした？」

「切り花です。あの娘」

告げられた言葉に、レナージュは真顔になる。

「……切り花です。マジもんの。それも、三神が一柱、冥王《めいおう》の花。今はなんか孵化《ふか》する気配がないんですけど……憤怒《ふんど》の竜ですよアレ。鱗《うろこ》もがっつりあります」

「……は？」

……は？

告げられていく言葉に頭の整理が追いつかない。

頭の中ですら、そんな単純な単語しか出てこず、レナージュはぐらり、と眩暈を覚えた。

「わぁー！　陛下！　しっかり！」

また失神しそうになるレナージュをロッシェが支える。が、ロッシェ自身この事態に混乱しているのだろう。普段はへらへらとした顔だが、今は余裕がない。

「も、もう嫌だ……家に帰る……あっ、俺の家ここだ〜！」

「おい陛下マジでしっかりしろ!?」

親友の腕に抱かれそのまま死ねたらどんなに楽かッ！

色んなものを放棄したかったレナージュだが、エルザードの国王は自分である。ぐっと、腹に力を入れ、なんとか踏みとどまった。

こほん、と咳払いをし、乱れた服を整える。

「ロッシェ！」

「は！」

「その切り花の元へ案内せよ！」

もしかしたら万に一つ勘違いかもしれない!!

そんな期待を抱き、レナージュは重苦しい外套《がいとう》を翻《ひるがえ》した。

「うん、切り花だーっ!!」

この国で最も身分が高い者が頂く王冠をゴロン、と頭から落とすほどがっくり、ざっくり、と、その場に膝を突き項垂《うなだ》れた。

「ばっかじゃないのかあの化け物ーッ！　嫌がらせか!?　毎度毎度人の地雷の上で小粋な踊りでも踊っててんのかって気安さで問題ばっかり起こしおってー!!」

思い起こせば数々の、弟が引き起こした苦労。

今は亡き父王の首を切り落として玉座から蹴《け》り落とし、歴史ある北の宮殿を火の海にした時が一番酷《ひど》いと思っていたが、その後も次々に記録を塗り替えられてきた。

そして今、よりにもよってこの宮殿に〝冥王の花〟なんぞ連れ込みやがりましたことで、レナージュの「愚弟がした一番最悪なこと」が新たに更新された。

中庭で目にした時はギュスタヴィアの強い魔力と、個人的な恐怖と動揺で気付けなかったが、落ち着いて見てみれば、誠にもって残念極まりないことに例の人間種の娘の正体は親友が告げた通りであった。

「あのぅ、王さま？」

ドンドンと悔し気に床を叩《たた》くレナージュに、声をかける者がいる。ロッシェではない。乳兄弟にして宮廷魔術師ロッシェはレナージュのために扉を開けたのでまだ部屋の外だ。

はっとして顔を上げれば、ふわふわの毛並みの三毛猫がこちらを気遣《きづか》わし気に見つめている。

「偉大なるエルフの王さまでございますよね？　某、騎士のカラバと申します。王さまの知り合いは王さまで二人目でございます。おや、お疲れのご様子……肉球を触りますか？」

「……なんだこのふわっふわ……」

レナージュはコホン、と咳払いをした。他人（猫？）の視線のある場所では偉大にして親愛なる最愛王として振る舞うべきで、そうしたいと彼自身考えている。

「話はロッシェより聞いている。ギュスタヴィアの連れた娘の騎士であるとか。大義である」

「はっ。有り難きお言葉……っ」

床に王冠を落としたことなどなかったように、流れるような自然な仕草《しぐさ》で立ち上がり、王の顔で口を開けば、三毛猫が畏《かしこ》まる。

レナージュは跪《ひざまず》く三毛猫の肉球をぷにぷにしたい誘惑と戦い、なんとか勝利した。視線を外し、寝台の方へ顔を向ける。ギュスタヴィアの魔法により、人間種の国から、無理矢理長距離移動をしたらしい。その肉体はギュスタヴィアの魔法で守られていたが、疲労感はある。今が夜ということもあり、休んでいるその様子は、ただの人間の娘にしか見えない。

「……畏《おそ》れながら陛下。その人間種の娘が……」

「切り花か」

レナージュは寝台に近付き、眠る人間種の娘を見下ろす。

この世に人間種をばら撒《ま》いた〝神族〟どもが、自分たちを滅ぼす仕組みとして生み出した存在。滅びたければ自分たちだけで勝手に滅んで消え果てればいいものを、世界を巻き込まなければ、何もかも滅ぼさなければ意味がないという迷惑極まりない者どもだ。

その〝神族〟の夢見る滅びを叶える者。そんなものが舞い込んだのなら、当然己は焼く以外の選択肢がない。

「殺しますか。兄上。そうなりますか。しかし、それは、私がいるので、無理だと思いますが」

無言を貫くレナージュに声をかけたのは、壁際に立っているギュスタヴィアだった。

「っ、貴様ギュスッ、」

「喧《やかま》しいぞ犬。煩く喚《わめ》くな」

ロッシェの頭を蹴り飛ばし、その宮廷魔術師が反撃に転じようと唱えた魔術を無詠唱、魔力の強さだけで打ち消したギュスタヴィア。

銀色の髪を魔法の灯りの下で輝かせたエルフは、黄金の瞳に冷酷な光を宿し、剣を抜いた。

「……この化け物め」

仮にも王の前で剣を抜くなど、許されることではない。反乱反逆、その場で取り押さえられ即刻処刑されるべき振る舞い。だが、ギュスタヴィアを取り押さえられる者などこの世にはおらず、法に守られぬ存在は法で縛られることもなかった。

レナージュの口から洩れる言葉には、憎悪と嫌悪、それに隠しきれない軽蔑が孕《はら》んでいた。

白々しい態度での謁見。諸侯の前での大人しさ、何もかも茶番。一瞬で全てを台無しにできる者だからこそ、面白がって茶番をしていたのだろう。

何もかもを馬鹿にしている。

お前が妻だと？　冗談も休み休み言え。お前のような者がまともなふりなど、虫唾が走る。人がごく自然に当り前にできることの一切、理解できず理解する努力もしてこなかったお前のような生き物が。まともなふりをして、他人を嘲《あざわら》っているのだろう。

「やはり、報復に来たのだろう。俺を殺しに来たのだろう。この地で竜を孵化させるか。この俺を、よりにもよって、敵対者であり世界の守護者であるエルフの地で、竜を孵化させた最悪の王とでもするつもりで連れ込んだのだろう」

「いえ、兄上。違います。妻だと言っているじゃありませんか。彼女は人間の国を追われたので……この美しいエルフの国で、世界で最も美しい花嫁衣裳を着せて、式を挙げるのです。神に祈るのも、まぁ、今の彼女なら……しないと思いますよ」

この国で最も優秀な魔術師を足蹴《あしげ》にして、この化け物は何を言っているのだろうか。

「必要なのは祝福だけ。結婚します。ので、祝福してください」

レナージュは思考が停止しかけた。が、考えることを止めてはならないという王としての意地がある。思考を、がんばって、それはもう一生懸命、止まらないように、巡らせた。

猫が視界の端で「そーだそーだ！」「ハッピーウェディングでございますぞー！」と何やら、喚いているような気がする。

「んなバカな話、誰が信じるかよ！」

ひゅん、と、ロッシェがギュスタヴィアに短剣を投げつけた。同時に展開される魔法陣、鎖や光の渦が身を拘束し、焼くものだ。それらをギュスタヴィアは一瞥《いちべつ》することもなく霧散《むさん》させ、ロッシェが振り上げた剣を弾き返す。剣が吹き飛び、音を立てて転がった。

「……貴様」

しかし、剣を弾《はじ》き飛ばされた瞬間、ロッシェの姿はかき消えた。転移魔法。ギュスタヴィアを越えて、寝台。そこに眠る人間種の娘の首をロッシェは掴みその胸に短剣を突き付けた。

「よりにもよって切り花だぞ!?　何を考えて、」

言葉は最後まで続かなかった。

乱暴に体を引き起こされた人間種の娘が、目を覚ましていた。ゆっくりと瞼《まぶた》を開き、その菫《すみれ》色の瞳が明らかになる。

その目が、ロッシェを見つめた。体が動かなくなる。何かの魔法や魔術ではない。

その娘の瞳が自分を映した途端《とたん》、理解した。自分が喚いた言葉の何もかも、既にこの娘は承知していることだと、その理解。

「っ、」

ロッシェとて、長く生きたエルフである。短命種である人間が、愚かで騒がしいばかりの人間種が、自分の運命も何もかも理解しているようなそんな目をしたことが、意外だった。体が動かなくなり、自分が愚かな振る舞いをして、それをこの菫色の瞳に映してしまったのだと理解した途端、恥じ入るような気持ちが生まれた。

が。

「っ⁉　は⁉　はぁあ⁉」

「……エルフというのは……か弱い女性の首に刃物を突きつけるような野蛮人《やばん》しかいないのですか？」

ロッシェの短剣がいつの間にか奪われて、体格差がかなりあるはずの切り花の娘は、どうやったのか、ごろんと、ロッシェを床に転がした。

「さりげなく、私のことも野蛮と言っていますか？　イヴェッタ」

「ギュスタヴィア様。初対面の時の振る舞いが紳士的だったとお思いになられているのなら、エルフの文化がそうなのかと思います。ところで、こちらの方は？」

「それは兄の犬です。昔から何かと私にあれこれしてきまして。私を封印する魔術式を作ったのもこの男のはずです」

「そうだ……そもそも、どうして封印が！　３００年で劣化するものじゃなかったはずだ‼」

「あんなもの。その気になればいつでも破れましたが？」

涼《すず》しい顔で言うギュスタヴィアに、強がりを言っている様子はない。

「……あら？」

ふと、切り花の娘が声を上げた。ごほり、と、咳。エルフの国は常春《とこはる》で、暖かい筈だが人間は弱い生物だ。体調でも崩したのか、とロッシェが思っていると、再び咳の音。

「お、おい⁉」

ごほり、と小さな赤い唇から漏れたのは赤黒い血だった。

「……あら、あら……まぁ」

自身の掌《てのひら》いっぱいに吐き出された血を、切り花の娘は他人事《ひとごと》のように眺《なが》めた。

「ちょ、っと。待て、なんで……」

「イヴェッタ」

ロッシェが動揺していると、その体は再び蹴り飛ばされ、ギュスタヴィアが娘を気遣う。吐血《とけつ》する娘を抱き、血で体が汚れることも厭《いと》わない。弟のその姿に、レナージュは沈黙した。

「どこか怪我《けが》を……それとも病《やまい》が……？」

「……げほっ……いえ、ちょっと……心当たりが。ただちょっと……頭の中に、声が……」

響きます、と切り花の娘は言った。


息をするのも苦しい。私は立っていられなくなり、その場に座り込む。

(ギュスタヴィア様の長距離移動魔法のせい……？　いいえ、でも、私が傷付かないようにと、防御魔法をかけてくださったし、この国についた直後はなんともなかった)

けれど今は明らかな不調。咳をする度に血を吐き、命が削られているような感覚があった。

(頭の中に、声が響く)

項《うなじ》が熱かった。

声が響く。祈れ、信望せよ、神を讃えよ、と、そのように。

「……そりゃ、そうだろう」

王様の側近さん。ロッシェというらしいエルフの男性が呆《あき》れたように口を開いた。

「切り花なんだぞ？　ここはエルフの国だ。人間種はいない。お前たちの言う神にとってここはただの無価値な土地であり、手出しできない場所。切り花がここにあるなら、お前を導線にして神の力を送り込み、この国を亡ぼす祈りを奉げさせたいだろうよ」

ロッシェの目は「そのつもりで連れ込んだんだろ」とギュスタヴィア様を睨《にら》んでいた。

「神に祈らない切り花なんぞいるものか。切り花は生まれてからごくごく自然に、神に祈りを奉げ感謝するんだ。生物が呼吸をするように、自然に、当然に、何の違和感もなく。神の存在を疑わず、神の万能さを讃え唇から洩れる言葉の全てが神への愛を抱く賛歌だ。そんな娘を連れて来て、復讐《ふくしゅう》じゃないなど、誰が信じるかよ。祈らなきゃ死ぬのが切り花だ」

「……」

私は沈黙を続けた。

祈らなければ死ぬ。

確かに。これまでイヴェッタ・シェイク・スピアの心の中には常に信仰があった。祈りの言葉を紡《つむ》いでいない時も、彼女は神を信じ、愛し、息をするように祈っていた。

私には今、そういう心はない。

「俺は王族じゃないが、それなりに長く生きてる。神を裏切る、あるいは神の寵愛《ちょうあい》を疎《うと》み離れようとした切り花がいたことが、何度かある。竜になる事実を知り、発狂し神を罵《ののし》った者。過分な愛に破滅を恐れ凡人になろうと足掻《あが》いた者。だがその切り花たちの誰もが、神に祈らぬことを、最後の最後までは、貫けなかった。最終的には心に信仰、神を取り戻し、そして枯れ果てるか、あるいは竜になり、エルフに討たれた。あんたも知ってるだろう、王弟殿下。竜や切り花にとって天敵なのがあんたなんだからな」

ギュスタヴィア様も黙っていた。ロッシェの話を聞き、私が吐き出す血でご自身の服を汚しながら、それを気にする様子もなく、黙って、そして、一度目を伏せた。

「やはり結婚の祝福が必要ですね。兄上、祝福してください」

「は⁉」

「はぁあ⁉」

「……いえ、あの、ギュスタヴィア様」

今その話が必要か？

私が顔を引き攣《つ》らせると、ギュスタヴィア様はにっこりと微笑んだ。ロッシェや兄王様に視線を向け、困ったように首を傾《かし》げる。

「彼女が死ねば私は世界を焼きます。手始めにこの国を。そして彼女の国を、神々を、何もかも焼き尽くします。神々がイヴェッタに『祈れ』というのが、エルフを根絶やしにしたくてなら私がします。必ずそうします――ので、結婚の祝福を」

「脅《おど》しじゃねぇかッ‼」

一応頭を下げているが、下げているだけで脅している。

「……それで、祝福。結婚式か」

ふざけるな、と罵倒《ばとう》するロッシェとは異なり、冷静だったのは兄王様だ。

「エルフがまだ〝妖精族〟であった頃、その体が親指ほどの小ささであった頃の、古い古い、ずっと昔の、おとぎ話とも言ってしまえる、昔の話。仙女の花の種より生まれた命短き小さな者がいた。花が枯れれば死ぬ、そういう定めの者。それを出会った妖精の王子が懸想《けそう》して、冬を越えられぬはずのその娘に春を見せた。王族が伴侶として迎え、祝福を受け、妖精の羽を得たという――随分と、古いまじないを引っ張り出すな。本気で信じているのか、ギュスタヴィア」

(あ……そうか)

ギュスタヴィア様は、私より神の切り花についてご存知の方だ。私が、従順なイヴェッタ・シェイク・スピアを演じるのをやめて、自分の思う通りに生きることが、神々の意にそぐわないことになると、予感されていた。

「イヴェッタ！」

ごほごほと、咳をしていると、突然鋭い声で名を呼ばれた。

顔を上げる。視界に何か見えたのではない。嫌な予感。

私を狙って放たれた矢。神の力を感じたので、そういうことなんだろうと私は納得した。

祈らない。人間のいない国に落ち着こうとしている私は、「失格」「失敗」「ゴミ」である。

私の現在の信仰心がどうであれ、神々にとって都合の良い運用方法ができなければ「不要」だと、即座に判断されたらしい。

それは別にどうでもいいのだけれど。轟音《ごうおん》と閃光、そして、燃える紅蓮《ぐれん》の髪に白い肌、黄金の瞳を持つ青年が現れたことには驚いた。

「不敬《ふけい》であるぞ！　貴様、それでも神に選ばれし滅びの花か!!」

激昂《げきこう》し、大声で怒鳴る。

誰か。知らない青年、だが、分かる。

「エルフの戦闘帝だなんだなどと言うが、なんのことはない。なぜこの程度の者に叔父上は警戒されているのか！　それゆえ驕ったのであろう！　戦闘帝だなどと！　ただの弱者！　ただの愚物！　エルフで最も強き者であろうと、神の前ではなんの意味もない！　神は全ての存在の上に君臨する！　このような地に逃れようと、我らが威光に陰《かげ》りはないわ！」

「……軍神、ガレス様？」

お会いするのは初めてだが、自然と頭の中に御名が浮かんでくる。

呟《つぶや》いた一瞬、次の瞬間に私は顔を殴《なぐ》られていた。

「……ッ!!」

「加減はしてやる。が、仕置きは必要であろう！」

骨を砕くと言うほどではない。言葉の通り、手加減に手加減を重ねて最大限に、威力を落としてくださったに違いない。

私はそれでも激しい衝撃、一瞬飛ぶ意識、そして激痛と吐き気が遅れてやってきて、四つん這《ば》いになり嘔吐《おうと》した。

「……わたくしが何か？」

「分からぬか！　愚か者め！」

「……申し訳ありませんが」

心当たりが多すぎてちょっと、とは言わずに申し訳なさそうな顔を浮かべると、軍神ガレス様はフンと鼻を鳴らした。

「貴様には三つの罪がある！　一つ！　神に選ばれた花でありながら、そこのエルフに身を任せた！　二つ！　人を滅ぼす役目を帯びていながら、人の世から逃げた！　三つ！　罪人であることを自覚し、粛々《しゅくしゅく》と神の矢を受けるべきところ、貴様はその矢を叩き……ッ!?　何をする！　まだ話の途中であるぞ!!」

「あら、ごめんなさい」

あまりに身に覚えのない罪状だったので、戯言《ざれごと》っていつまで黙って聞かないといけないのかしら、と思ってつい、殴りかかってしまいました。

「不敬な!!　神に殴りかかるとは何事だ！」

「殴られたので殴り返したかったのと、仰《おっしゃ》られました三つの罪状は……解釈違いで、ちょっと」

油断しきっていらっしゃったので、殴れるかと思ったけれど、避けられてしまった。

「それに、誤解ですわ。わたくしは今でも、心に神への信仰があります」

私は敬虔《けいけん》な信者であることを示そうと、両手を胸の前で組み、目を伏せた。

「……ではなぜ、人の世で生きるのではなくエルフの国に逃げた？」

平たく言えば、あちこち人間の国を回ってもその都度、面倒ごとを引き起こしそうな気がするからだ。

けれどここで私は少し、心に浮かぶ考えがあった。

日の前で喚き散らす神様。竜にならないなら死ねと要求する神様。祈れと要求し、そのために、私が怒るように、私の大切な人たちを見捨てる神様。

(これが、本当に私の信じた神なのかしら？)

「私の信じる神は、あなたではありません」

「と、いうことです。お引き取り願えますか？　邪魔ですから」

私がきっぱり言うと、ガレスが髪を真っ赤に燃やし殴りかかってきたけれど、それより素早く動いたギュスタヴィア様が、真横からガレスを蹴り飛ばす。

「う、ご、ごぁああ!?」

何が起きたのか分からないのか、悲鳴だか呻《うめ》き声を上げてガレスが壁を突き破り吹き飛ぶ。

「か、壁がー！　王宮の壁が‼」

などとロッシェの叫び声が聞こえたけれど、私もギュスタヴィア様も無視する。

ギュスタヴィア様はガレスに殴られた私の顔に触れた。

「痛いですか？」

「殴り返したのですっきりしています」

「そうですか。貴方は過剰に守ったり助けると怒ると思ったので見過ごしましたが、助けに入るのが遅かったでしょうか」

「自分がちゃんと痛い思いをしないと分からないことってありますからね」

大丈夫です、と言うとギュスタヴィア様は目を細めた。

「おのれ……！　おのれッ！　不敬者め‼　神をなんと心得る‼」

あ、死んでなかった。諦めの悪い神様である。

壁の外から怒鳴り声。神様の声というのはよく響くらしい。

外を見てみれば、怒髪《どはつ》天を衝《つ》くという言葉の通り、燃える髪が逆立ち、黄金の瞳に憎悪をみなぎらせたガレスが銀に輝く槍を掲げ、そして振り下ろした。

「見よ！　神の雷《いかずち》を‼　滅べ！　不敬者どもめが！」

爆音。エルフのお城に雨のように降り注ぐ雷。

「ご、ご主人様ー！　ご主人様は、某が……！　お守りし……雷は恐ろしゅうございますー！」

「あらあら、まぁ」

ソサフサの2本の尾をきゅっと自分の足の間に隠したカラバがブルブルと震える。私は可愛い三毛猫さんを抱き上げて、音が聞こえないようにぺたん、とお耳を押さえた。

「……私も雷の音が恐ろしいので、それをやっていただきたいのですが？」

「ギュスタヴィア様が何を今更そんなことをおっしゃるのかちょっと意味が分かりません」

カラバと私を見てギュスタヴィア様が頭をぐいっと、私の方に向けてくる。こうしている間も雷は落ちて、エルフの城が崩れていくが、まぁ、王様や側近さんがいるので自分たちのことは自分たちでなんとかなさるだろう。

「アレを殺すのは容易《たやす》いのだが……」

喚きながら雷を落としているガレスを見て、ギュスタヴィア様は面倒くさそうに首を傾げた。

「あれは神族の王の後継で、頭は悪いが他の神族から妙に気に入られている。イヴェッタへの祝福が無事に付与できていない状態で……他の神を刺激するのは控えるべきか……」

「ギュ、ギュスタヴィア!!」

「……兄上？」

何か魔法なのだろう。蔦《つた》や枝が崩れる王宮を支え、周囲に光の壁が張られた。側近さんが杖を構えぶつぶつと何か呪文を唱えている。ギュスタヴィア様を呼んだ兄王様は片手を床につけて、そこから枝が伸びていた。

「命令だ!!　あの狼藉《ろうぜき》者を倒せ……！」

暴れるガレスを倒さなければ、エルフの国はぐちゃぐちゃになる。それは私の目にも明らかだ。けれどそれをどうにかするための手段として、王様は先ほどまで憎々し気に睨んでいたギュスタヴィア様を頼る。

「……私が動かねば、兄上は困りますか？」

「?!　当たり前だろう？　第一、お前が連れて来た女のせいでこうなってるんだから、お前が動くのは当然だろうが！」

え、私のせい？　と、私は心外に眉を顰《ひそ》める。

責任の所在の話をしたら、そもそも王様がギュスタヴィア様を封印しなければ私がこの国に来ることはなかったのだが？　それに神族は敵だー、という姿勢なら、こんなに一方的にやられるのは敵対者としてどうかと思う。

「いいでしょう。兄上のご命令とあらば、このギュスタヴィア、剣を抜きあの悪鬼を討ち滅ぼしてまいりましょう」

「楽しそうですね、ギュスタヴィア様」

兄王様が悔しがったり、こんな状況でもギュスタヴィア様に「頼らなければ」ならない状況をじっくり味わっていらっしゃる。

先ほどのガレスに手を出すのは控えようかという発言も、本心というより、王様に要請を出させるための小芝居だった気がする。

「ではイヴェッタ、少しばかり離れますが……あぁ、剣は貴方にお貸ししますよ。何かあればこれで対処を」

「と、言うと、ギュスタヴィア様は？」

「神の末子ごとき素手で十分です」

別に強がりでもなんでもなかった。

兄王様に見せつけるように優雅にお城の外に飛び出したギュスタヴィア様は、雷を落とし続けてご満悦《まんえつ》のガレス様をブン殴り、蹴り飛ばし、地面や建物に叩きつけ……べこべこのボコボコになさいました。楽しそうに。笑いながら。美しい笑顔で。

最初は抵抗し、叫び、神がどうのとか、エルフがどうのとかおっしゃっていたガレスも段々大人しく、というか弱っていく。

「……何しに来たのかしら、軍神ガレス」

殴られに来たのか？　としか思えない力の差。私はギュスタヴィア様がこうして強い存在と戦うお姿をちゃんと見るのは初めてだが……あの人、どこまでお強いんだろう。

「……こ、これが……王弟殿下……」

「これが…………戦闘帝……」

ギュスタヴィア様がガレスを相手にしているので、お城の中は救援活動が行える余裕ができたのだが、エルフたちは神を相手にまるで幼子でもあやすかのように圧倒しているギュスタヴィア様を見て茫然《ぼうぜん》としている。

やっぱり私の信じるべき神様って、あれじゃないいんじゃない??

「――そこまでだ」

「……っ!?」

突然、低い声が辺りに響いた。

時刻は日中であったのに、太陽が陰り、夜のように暗くなる。

「……それなるは……我が甥《おい》である。消されては困……らないのだが…………私は困らないが……困らないから、構わないのだが……」

「叔父上!!」

どっぷりと、黒い闇としか表現できない塊が虚空《こくう》から流れ出て、それはゆっくりと人の形になった。いや、人の形に……似ているだけ。

長く黒い神に、真っ白い肌は骨のよう。その頭には異形の大きな角が生えていた。豪奢《ごうしゃ》な漆黒の衣装に身を包んだ長身の男性。

「私を助けに来てくださったのですね！　叔父上!!」

「……」

ギュスタヴィア様にボコボコにされていたガレスが嬉しそうに声を上げる。

叔父上……？

「……」

私は現れたこの黒い神を知っていた。

幼い頃。ルイーダの王宮で開かれたお茶会でのこと。そこで神の雷を受けて死んだ男の子。彼の命を奪ったのは私の祈りだが、あの男の子の命を刈り取ったのは、この黒い神だ。

「…………冥王、ハデス様」

「……」

かすれる声で名を呼ぶと、冥王様はちらりと私の方へ顔を向け、私の方へやってきた。

「……」

「？」

何か言われるのか。ガレスのように、殴りかかってくるのかと警戒したが、冥王様は黒く鋭い爪のついた手を軽く上げて、掌を開いた。

「…………」

「……？」

「子どもは…………こうした菓子を……好むのだろう……？」

鱗と鉄でできたような掌の上には、ちょこん、と丸い……飴《あめ》。

「……はい？」

「……花も、ある…………冥界には、生きた花は咲かぬが……紙で作った花を持ってきた」

「…………」

「冥王様！　ご主人様！　偉大なる旦那様！　贈り物は綺麗な箱に入れて、リボンで包んで渡すものでございますよぅ！」

「あ、兄弟」

混乱する私の腕のカラバが、ひょいっと、現れた着飾った猫さんを見て声を上げる。

冥王様の使者として迷宮でお会いした猫さんだ。

「…………中身が、わかった方が……嬉しいのでは……ないか？」

ぼんやりとした様子で冥王様が不思議そうに首を傾げる。直立不動。無表情。それでも片方の掌には飴、もう片方には紙で作った不格好な花。

「わくわくドキドキという楽しみ方でございますよぅ！」

「……そうか」

「……あの、冥王様は……私を殺しに来たのではないのですか？」

なんというか、のんびりした方だ。子どもの頃にお会いした時はもっとこう、はっきり喋っていた気がするのだが……イヴェッタの記憶は色々改ざんされたりしているので、実際はこういう方だったのかもしれない。

「……殺す……？　何故……娘を殺そうとする、父が……いるものか」

「私は竜になりたくありませんから、望まれた切り花としての生き方はできないと思います」

「……子というものは……親の、期待通りには……ならないのが……当然だと……人間種の……育児指南書に……あった」

なんですか育児指南書って。というか、なんでそんなものを冥王様が読まれるのか。

「……我が子が健やかに……幸福であれと……願うのは当然だ」

「……え、えぇ……」

突然現れた冥王様。

けれどなんだってこの方は、私の父親面《づら》をしていらっしゃるのか。私の父親はゼーゼマン・スピア伯爵である。

「そなたは我が娘……我が花…………そなたの成長を眺め、見守ってきた……そなたは竜にならずともいい。そなたは健やかに、微笑み、暮らしていればいい」

……私は混乱した。

これまで、神というのは、私を切り花として定めて、私に「祈れ」と、人を憎み恨み、怒らせようとしてきた神様は皆、私にとって良くない存在だと、そのような意識があった。

ガレスはその私の意識通りの傲慢《ごうまん》な神で、私はうんざりしていた。

けれど、冥王様は……違う。

「……あ、ありがとう、ございます……」

思わず、私はお礼を言った。嬉しいと思う心が湧く。

信仰があった。神様という存在に、何か特別なことをして欲しいというわけじゃない。ただ見守り、私たちの平穏と幸福を願ってくださっているだけで、それだけでいいと。

それが今、間違いではなかったと実感した、安心感。

お礼を言った直後、私は緊張と疲労から、その場に崩れ落ちるようにして眠ってしまった。

◆◇◆◇◆

「と、いうわけで。あんたはこれから俺の弟子になるんで、よろしくな」

どれくらい経ったのか不明だが、目覚めた時に最初に見た顔。ロッシェ・ブーゲリア公と名乗ったそのエルフの魔術師は、一通りの説明を終えたような顔でそう言ったけれど。

「なにが『と、いうわけ』なのかまるで分からないのですが」

私は説明など受けていない。

名乗って、その次に冒頭の台詞《せりふ》を吐かれたので当然だろう。

説明もしてほしいが、それより私はギュスタヴィア様の安否が気になった。冥王様がギュスタヴィア様に何かするとは、あの聡明で慈悲深いご様子からは考えられないけれど……他人の地雷を踏むのが得意そうなギュスタヴィア様だ。ご無事かどうかと、それだけでも知りたいと頼むと、ロッシェさんは「まぁ、無事だ」とそれだけを短く答える。

「んで、説明な。あれ？　言わなかったっけか。もう色んなやつに説明したからなぁ。必要？」

「是非」

「しょーがねぇなぁー」

ロッシェさん。宮廷魔術師で、エルフの王室の相談役のような立場である、と改めて説明をされた。面倒くさいというより、言葉の通り何度も同じ言葉を言うことに飽きているのだろう。

私が覚えていることを確認しながら、ロッシェさんは状況の説明をしてくれた。

「軍神は、まぁ、追い払えたわけだ。冥王に引き摺られる形だったけどさ。どっちも、この国に顕現《けんげん》してるってことは本体じゃないし、そもそも神族はこの世に肉体を持ってない。ただアンタにちょっかいをかけるために急ごしらえか何かで作った程度の器《うつわ》だ」

本来の力の一万分の一もない弱体化されたものだと言う。

「死者はいない。うちの王様、アンタにとっちゃ今後は義兄になるのか？　まぁいいか。うちの工様は守りの魔法が得意でね。咄嗟《とっさ》に宮殿内全員に守りの魔法を付与したから」

すげぇだろー、と自慢げに話す顔には愛嬌があった。

「今回の騒動は、軍神の強襲だと公表してある。我らがエルフの国になぜ今更神が挑んできたか？　その理由として、300年前に封じた王弟ギュスタヴィア殿下が関わっているともな。下手に隠すと面倒だからちゃんと包み隠さず『王弟殿下は神の切り花に恋慕《れんぼ》して、神より花を奪った。それゆえ神が奪い返しに来たが、見事撃退した』と」

「……いえ、それは、ちょっと……話を少し、曲げているような……？」

いや、合ってはいるのか？　私が首を傾げていると、ロッシェさんは笑った。

「そういう触れ込みは必要なのさ。何しろ王弟殿下は悪夢のようなお方だ。死んでくれと願う者の方が多いが、それでも誰もが『最強』だと認めてる。そして、エルフにとっちゃ切り花や、竜は滅ぼすべきもの。が、それは真に憎くてじゃない。憎悪と嫌悪の対象は神族だ。その連中の鼻を明かしてやったんだ、それも、我らが王弟殿下が！　と、口にゃ出さないが喜ぶ者も、また多い」

そして、常に切り花というのは最大7つと定まっていて、既に6体の竜が孵化している以上、この世に存在する切り花は私だけだと言う。

……6体も竜が孵化している……？

「……ほぼ詰んでいませんか？」

「まぁ……」

私の指摘にロッシェさんは目線を明後日の方向へ逸らした。

「だ、だが、まぁ、でも、逆に、あんたさえ無事なら、何も問題ないってことだ」

竜が滅びればまたどこかで切り花も生まれるだろうが、現状私しかいない。つまり、私が竜にならずこの国で保護され続ければ、竜が7体揃うこともなく、神族の願いは叶わないのだと。

「……私の身体はどうなっているんですか？」

「冥王はどうだか知らないが、軍神や他の神は違うだろう。アンタが切り花として機能しないなら死ねと、そういう呪いがかけられてる。が、俺たちエルフも、アンタに死なれちゃ困る。それで、アンタの延命方法を探してみた」

そんな都合のいい方法があるものなのか。私が不思議そうな表情をしたのがおかしかったらしくロッシェさんは「なきゃアンタは今頃火葬されてる」と笑い、トン、と、自分の胸元、より少し上。喉と鎖骨の下を叩いた。私にも同じ動作をしろ、ということだと分かり、私は自分の体のその部分に触れる。

「……石？　いいえ、これは、鱗ですか？」

赤い鱗だ。

「あぁ。アンタから剥がしたやつな」

「……剥《は》がせるものなんですか？」

剥がせたから移動したのだろう。私が首の後ろに触れると、1枚残っていた。もう1枚はこの鎖骨の下のものだとして、私はメロディナを呪って3枚の鱗があったはずだが。

「アンタは本来神々から〝水〟を与えられて生きてる〝切り花〟だ。クソみてぇな仕組みは今はいいとして」

鱗は神や世界を滅ぼすほどの竜のもの。強力な魔法の素材になると言う。

「1枚を、枯れて死ぬ寸前のアンタに埋め込む。もう1枚は、強い魔力を持ってる奴に埋めて、アンタの体に常に魔力を補充し続ける」

なるほど、魔力を溜める魔石を常に体に埋め込み、その魔石に魔力を注ぎ続ける元と繋ぐ橋渡しとしての役目も同時に行うということか。私が理解したのを見て、ロッシェさんも頷いた。

「んで、問題はその強い魔力の持ち主だ」

「ということはロッシェさんでしょうか？」

宮廷魔術師、それに先ほど「弟子」と言われた言葉から推測し問うてみるが、否定された。

「エルフと神の力は相性が悪すぎる。俺があんたの鱗を体に埋め込んだら、すぐに全身が腐って死ぬ」

「……は？」

「王弟殿下くらいだろ。神の切り花の鱗を移植しても死なず、本来は神が生かすほど魔力食いの切り花を枯らせずに生かしておけるくらい高い魔力があるのは」

笑いながらロッシェさんは言う。

「……それは、ギュスタヴィア様に首輪をつけた、という意味ですか？」

「適度に賢い女だな、あんた」

「褒められてはいませんよね？」

「褒められたって頬でも染めておけよ。鈍感なくらいがこの王宮じゃ丁度いい。人間種の娘がこれからここでやっていこうってんならなおさらだ」

もう指南は始まっているようだ。言外に「あんたみたいな跳ねっ返りは相手の言葉を受け流すなんて難しいだろうけど」と馬鹿にされているのも分かる。

「まぁ、その通りだ。あんたに常に魔力を供給し続けて、やっと……そうだなぁ。俺と陛下2人合わせたくらいの魔力量になる。あの化け物を弱体化させて、あんたを人質に取って、やっと俺たちは安心してあの化け物を王弟殿下、と呼ぶことができるんだ」

◆◇◆◇◆

「おや、どうしました。イヴェッタ」

案内された部屋に行くと、そこには平然とした顔のギュスタヴィア様がいらっしゃった。本殿から離れた塔の上層部。元々星見のための観測所を、３００年前ギュスタヴィア様が私室として使用され改築されたという話。

「どうしたも……何も……」

寝台にいらっしゃるが、上半身を起こし、何か書類を読んでいた。平然としてはいる、が、その顔色は青白い。明らかに体調が良くないのに、なぜ平気な風に振る舞うのか。

「……」

私は部屋の入り口で立ち止まる。入ってこない私にギュスタヴィア様は目を細めた。

「目覚めるまで貴方の側にいられなかったことを怒っているのですか？」

「それ本気でおっしゃってます？」

「いえ、軽口です。こういう口を利けば、笑ってくださるかと」

「……笑えませんよ」

「難しいものですね」

どうぞ、とギュスタヴィア様は入室を促した。いつまでも突っ立っているわけにもいかない。

扉から少し離れた場所には見張りなのか警護のためなのか、エルフの騎士たちがいた。

「体調はどうです？　あぁ、よかった。歩けて、そして話せるようですね」

「……」

私は寝台に近付き、手招きされるままギュスタヴィア様の側へ腰かけた。近くで見ると、やはりギュスタヴィア様の顔色は悪い。手に触れると氷のように冷たかった。

その額には、私の首元に付いているものと同じ赤い鱗が埋め込まれている。

「……なぜ、ここまでしてくれるんですか？」

「貴方が私を選んだからですよ」

……それはただの消去法だと、ギュスタヴィア様も分かっていらっしゃるはずだ。

「ギュスタヴィア様」

「なぜそのような顔を？」

見つめる私を、ギュスタヴィア様は不思議そうに見つめ返した。どんな顔をしているのか。

私はギュスタヴィア様の服に手をかけたまま、俯《うつむ》いた。

「助けました。貴方を。だから、笑うべきではありませんか？　私に、笑いかけるべきでは？

イヴェッタ、そうですよね？」

「……と、言われましても」

不思議そうに、ギュスタヴィア様はただ問いかけてくる。

私は、迷宮遺跡で出会った時、この方がかつて兄君に愛されないことに傷付いていたことに気付いた。自分が他人に愛されなかったのは自分が化け物だからとそう考えて、同じ化け物の私なら、自分を愛してくれるのではないかと。そうして、愛されれば「ちゃんとした」生き物になれるのだと、そう考えて私に親切にし始めたことに、気付いていた。

(私に、この方の命を分けていただく価値などあるのか)

私は怖くなっていた。

「そうですか」

なるほど、と、ギュスタヴィア様が頷いた。私は俯いているので顔が見えない。けれど、はっきりとした声音に、びくりと体が震える。その振動が体中を硬くしている間に、ギュスタヴィア様がぐいっと、私の顔に手を添えて上を向かせた。

そして私の首元の鱗に、額の鱗を合わせるように顔を埋めてくる。

感じるのは暖かさ。魔力が体中に行き渡る感覚。冬の寒い屋外から戻り、湯船にじっくりと身を浸かるような。命が分け与えられている。

「止めてください！」

ばっ、と私はギュスタヴィア様の体を引き離そうと力を込めた。石のように冷たい体のかの人は、容易く離れ、そして黄金の瞳が細まる。

「ここで……何か甘やかな言葉をかけるべきなのだろうが……生憎《あいにく》、心得がない。ゆえに、容赦なく告げるが。今更、私に愛されることに怖気《おじけ》づいたところで、逃がすと思うのか？」

「……」

逃がしてくれないだろうな、と、私はこの状況でやけに冷静になった。妙な話だ。私が巻き込み、私が犠牲を強いていて、私が逃がしてさしあげる義務と権利を持っているはずなのに。

「ところで婚約のための儀式について聞きましたか？」

打って変わって穏やかな笑みを浮かべるギュスタヴィア様。これが「好かれるための演技の顔」と分かっていても、私はほっとしてしまう。強張っていた体の力を抜き、首を振った。

「いえ、ロッシェさん……ブーゲリア公の弟子になる、ということは聞いていますが……」

「あの無能はまともに伝達もできないのか。――簡単に説明しますと、兄は私を王弟として扱う覚悟を決めたようで、となれば王族の婚約。婚約者となる者は三つの試練に挑み、民・貴族・王族のそれぞれに認められる必要があります。まぁ、認めぬのなら国を灰にするぞ、と言ってあるので、これも茶番の一つと考えていいですよ」

「それはちょっと……不正は、ちょっと……」

明るい調子で出来レースの説明をされても、私はちっとも嬉しくない。

暫《しばら》くとりとめのない話をした。けれどギュスタヴィア様に必要なのは休息だろう。部屋を出て行こうと立ち上がると、一度軽く腕を引かれた。

「なんです？」

「出ていく際に挨拶をすべきでは？」

「行ってまいります？」

「いえ、そうではなく」

何がおっしゃりたいのか。

「おや、知りませんか」

「だから、なんです？」

「我々の文化では退室する際、親しい者には口づけをするのですよ」

楽しむように、嘘をついている顔ではないギュスタヴィア様。私は一瞬停止した。

「……そんなこと、これまで読んだ本にはどこにも」

「書物だけが知識の全てではありません」

「それは、そうですが……」

……確かに、そういう国があることは、知っている。隣国であればフランツ王国などがそのような文化を持っていたはずだ。挨拶代わり口づけを行う。ルイーダ国やドルツィアでは忠誠の証として掌に口づけを落とすことはあるが、それは一種の儀式めいた行動だ。

「嫌ですか？」

「……私は手を繋ぐことにも赤面するような小娘なので、ちょっと……それは」

「では良い機会ではありませんか。慣れは必要でしょう」

さぁどうぞ、と微笑んで小首を傾げてくるギュスタヴィア様に、私はギリッと奥歯を噛み締める。大変お元気そうで何より、ではあるが……心にある罪悪感はこれっぽっちも薄れない。とすれば、ギュスタヴィア様が望んでいらっしゃるのだから、口づけの一つ二つ、した方がいいのではないかとも思う。

くっ……可愛いふんわり系イヴェッタ・シェイク・スピアなら「まぁ、そんなこと……！恥ずかしくてできませんわ！」などと言ってほわほわその場を濁せただろうが……私が今咄嗟に思い浮かぶ手は恥ずかしいからとギュスタヴィア様を殴り飛ばすくらい。

怪我人相手にさすがにそれは良くないので黙っていたいが、私が黙っていればギュスタヴィア様もずっと黙っているだろう。

「……い、行ってまいります」

「おや」

観念した私は、チュッ、とギュスタヴィア様の額、私の赤い鱗に口づける。

ここなら肌ではないし、私の一部でもあったものなので「恥ずかしくない！」と判定できる！

「……随分と可愛らしいことをする」

額ですか、とギュスタヴィア様は目を細めて微笑んだ。なんとか誤魔化すような結果に不満でも訴えられるかと心配になり、私は一気にまくし立てて歩き出す。

「ちゃんとしました！　しましたからね！　私、もう行きますからね！」

「えぇ、お気を付けて。貴方付きの侍女を兄と選びました。ここでの暮らしを、貴方が気に入ってくれるといいのですが」

と、今度は素直に送り出された。

あれで一応の納得はしてくださったらしい。

お礼を言ってから私は扉を開けて廊下に出る。少し歩くと向かい側から青銀の髪のエルフの男性がズガズカと歩いてきた。エルフというのは優雅な仕草をすると勝手に思っていたけれど、中々野性味溢れる方もいらっしゃるようだ。

ちょっと意外に思い、その姿を失礼でないよう気を付けながら見送った。ギュスタヴィア様に用があるのだろう、入室と中の様子を側の騎士に確認し入っていく。

ご友人だろうか？

入っていってすぐに怒鳴り声や断末魔の悲鳴が聞こえないので、それなりに仲のよろしい方なのだろうと判じ、私は塔の階段を降りていく。

◆◇◆◇◆

「前ブーゲリア公爵夫人、アーゲルドと申します」

ギュスタヴィア様の塔から、自分用にと用意された部屋に戻ると、そこには既に数人のエルフの女性がいた。

私が戻ったことに気付くと、その中で最も威厳のある緑のドレスにグレーの髪の女性が前に進み出てきて、エルフ式のお辞儀をしそう名乗る。

……あら、まぁ。

丁寧な態度だ。けれど、前置きがなかった。ルイーダ国であれば「お初にお目にかかります」

や「ご機嫌麗《うるわ》しゅう存じます」「お会いできて光栄です」などを先に言うのがお作法だけれど。身分の高い相手が先に口を開くのが母国では「礼儀」だ。確か、読んだエルフの国の本によれば、エルフの国もそうだったはず。前ブーゲリア公爵夫人は、王弟殿下の婚約者候補である私より立場が上なのだろう。

私が何か言おうとする前に、アーゲルド夫人は言葉を続けた。

「こちらの4人は、本日より貴方の専属となる侍女たちです。それぞれ名家の令嬢、彼女たちからこの国の作法を学ぶと良いでしょう」

桜色の髪に、黒髪が2人、それに青みがかった髪色のご令嬢。エルフという種は美貌の種族であると広く知られているだけあって、4人とも輝く宝石のように美しい。

……あら、まぁ。

私はまたちょっと、驚く。

侍女となる娘は、基本的に仕える主人と同じ髪色の者は避けられる。似合う宝石やドレスの色が被らないようにするため、また遠目から間違われることのないように。

命を狙われる状況なら影武者、身代わりとして同じ色を持つ者を側に置くことはあるが、そもそも侍女になるのは身分の高い、立派な家門の娘たちだ。身代わりに立てられるなど家門の主人の心象を悪くする。そういう意味で、どの国でも同色の者は避ける傾向にあるはずだが。

「わ……」

『アーゲルド様、やっぱり嫌です。こんな〝短命種〟に仕えろなんて、あまりに屈辱的ですわ』

『父の命令と、アーゲルド様のお顔を立てるために、こうして侮辱《ぶじょく》にも耐えこの場にいますけれど……人間種などという生き物と同じ空気を吸うだけで白きこの身が汚れそうです』

『辛抱なさい。王弟殿下も、お前達のようにきちんとした家柄に正しい教育を受けた娘たちを見れば、このようなバカげた判断を反省なさるでしょう。黒い髪の女が良いというのでしたら、お前たちにも機会はあるはずです』

あら、まぁ。

私の髪色に近い3人のご令嬢が、表面的には友好的な微笑みと雰囲気を出しながら美しい声で語るのは、エルフの国の言葉。

私はにこり、とアーゲルド夫人に微笑んだ。

「まぁ、とても綺麗なお声ですのね。エルフの方はお声までお美しいのですね」

はしゃぐように、ポン、と両手を合わせて〝イヴェッタ・シェイク・スピア〟は微笑んだ。

ふんわりとした砂糖菓子か、春の日差しのような笑顔の娘。他人の悪意に気付かず、その体の中に毒を浸み込ませない純粋で美しい心のままの、愚鈍《ぐどん》で幸せな子。

アーゲルド夫人と、3人の令嬢の瞳にあからさまな侮蔑《ぶべつ》の色が浮かんだ。目の前にいるのが、頭の中に綿でも詰まっているような取るに足らない少女だと侮《あなど》る目。

「なんておっしゃったのかしら……？　あぁ、そうだわ。アーゲルド夫人、みなさんのお名前を教えてくださる？」

「そうすべきではございますが、生憎と……わたくしどもの名は、人間種には発音が難しゅうございます。しかし、何か用があれば彼女たちの方からあなたに話しかけます。彼女達は人間種の言葉を心得ておりますので、ご不便はおかけいたしません」

厳格な貴族の顔でアーゲルド夫人は私に伝える。にっこりと、ご令嬢たちもそれに合わせるように微笑んだ。私ももう一度微笑みを浮かべ、目を細める。

『もう一度言うわ。名前を教えてくださる？』

静かに発音するのは、この国の言葉。エルザードの共用語であるアテュルク語。

別に、このまま無垢なイヴェッタの顔でぼんやりとやり過ごしてもよかった。けれど、アーゲルド夫人は、私をギュスタヴィア様から引き離したいご様子。

(それはちょっと、困ります)

面白いくらいに、5人が硬直した。それでもアーゲルド夫人はさすがというか、復活が早い。すぐに背筋を伸ばし、咎《とが》めるような瞳を向けてくる。

私が言葉を喋れた驚き、自分たちの会話を聞かれていた気まずさは浮かんでいない。その瞳にあるのは「人間種ごとき下等な生き物が我らの言葉を話し、そして指図した」ことへの怒り。大変プライドの高い高貴な女性でいらっしゃいますのね。

後ろに立っている令嬢たちは、顔を青くしたり赤くしたり忙しいようで『偶然でしょ！』『挨拶くらいなら知っててもおかしくないわ！』などと言っている。

『あら、名乗らないのですか？　では、わたくしは名乗りもしない無礼な者を傍に置く不用心さは持ち合わせていません。ので、どうぞお帰りください。その方が、夫人たちにとってもよろしいでしょう？』

そもそもなぜ、人間がエルフ語を喋れないなどと思うのだろうか……？

確かに、ギュスタヴィア様もロッシェさんも私に話しかけた言葉は人間種の国の言葉だった。けれど、仮にも王子殿下の婚約者になるために、王太子妃の教育を受けてきたし……イヴェッタ・シェイク・スピアの趣味は読書だ。

読書はその本を書いた者の言語で読む方が理解が深まるし、何より翻訳されるのを待つ必要がない。言葉を覚えた方が早いなら、そうするだろう。普通は。

ガチャリと私が扉を開けて、退室を促すと、令嬢４人がアーゲルド夫人にお伺いを立てるような眼差しをした。

『ど、どうしましょう……アーゲルド夫人……』

『出ていけって、言われたので……出ていく、べきなんですか？』

言葉の通り出ていっても大丈夫ですよ。出ていったらそれはそれで楽しいです。

ただしその場合……国王陛下とその弟君であらせられるギュスタヴィア様の決定に「逆らった」上に、下等な人間種ごときに負けたと自尊心が傷付く。

それに耐えられたとして、王族の仲間入りの機会を自らふいにしたと、家門の主、父親にどういう評価を下されるか。

本来なら、彼女達に教えを乞い、必死に縋《すが》るのは私でなければならなかったのだろう。エルフの国に無知で右も左も分からぬ異種族の娘。

後ろ盾と言えば、物騒な評判ばかりの王弟殿下で、エルフの女性の世界で生き抜くために、私はアーゲルド夫人や４人のご令嬢に縋って、依存して、好かれるよう必死に尻尾を振らなければならなかったのだろう。顔色を窺《うかが》い、相手が自分に分かる言葉で話してくれるのを待つ。

これまでのイヴェッタ・シェイク・スピアがそうしてきたように。

（ただ、申し訳ありません！　そのような可愛げは、切り落とした髪と一緒に捨てました！）

にっこにこと、私は悔し気に顔を歪《ゆが》めるアーゲルド夫人を眺める。

『あぁ、別に……陛下やギュスタヴィア様には、わたくしの方からお断りしましたと申し上げます。皆さんは何も、心配なさらなくて大丈夫ですよ』

いつまでも黙っていらっしゃるので、私は追い打ちをかける。

見下す人間に、自分の今後の心配までされ情けをかけられた。

さすがのアーゲルド夫人も、これを平然と聞き流すことはできなかったらしい。首の上から頭のてっぺんまで茹でた海の生物のように真っ赤になって、ギリッと奥歯を噛み締める。

『わ、分かりました……！　不採用、なんですね⁉　分かりました……でもっ、それなら、ここまでの交通費と……ドレスの貸し出し料は、どうか負担してくださいお願いします‼』

「え、交通費って？」

出ていってもいいんですよ〜、それも楽しいですよ〜、と私がワクワクしている中、悲鳴のような言葉を上げたのはこれまで一言も発言しなかった桜色の髪のご令嬢だ。

私が顔を向けると、ご令嬢はばっ、と私の足元に身を投げるように座り込み、服の裾を掴んで見上げてきた。

『王宮に行くからって馬車を……馬車を用意しなくちゃいけなかったんですけど！　うちに家門入りの馬車なんかなくて！　魔法で急ごしらえに塗装したんですよ！　すっごいふんだくられたんだから！　分かります⁉　ドレスだって、もし採用になったら百着は必要だからって……うっ……いくら……いくら、かかったと……ッ、でも、お給料いっぱいくれるから行ってこいって……！　あの飲んだくれのクソジジィがッ‼』

必死に縋るエルフの少女。その言葉から、なんとなく彼女の事情を察することができるが……もしかすると、これは私を油断させよう、あるいはこの場をなんとかおさめようとする演技かもしれない。

『みっともない真似はおやめなさい！　それでもエルザード国の貴族の娘ですか!!』

『誇りと家門で借りれるお金には限度があるんですよ！　毎月の支払ができなくて、魔洸《まこう》の供給止められたこともないお金持ちは黙っててください!!』

魔洸、確か、エルフの国の生活に欠かせないエネルギーだったはず。あれって月末請求とかだったのか……。魔法と不思議に溢れた妖精の国という印象だったけれど……なんというか、俗っぽい。

『えぇっと、リルさん？　申し訳ありません、わたくしはこの国の通貨は持っていなくて……それに、宝石とかもありませんし……』

『はぁ!?　つまり借金だけ増えたってことですか!?　なんてこった!!』

『あ、いえ……えぇっと……』

アーゲルド夫人たちとは違う種類の怒りを向けられ、私はたじろぐ。

『ギュ、ギュスタヴィア様に……お願いしてみます。わたくしのために、ここまで来てくださった方ですもの、きっとお礼をしてくださいますよ』

『あのねぇ！　きっと、とか、多分っていうのはね……絶対に信用しちゃいけない言葉なのよ。特に、金銭が絡んでる時はね……！　きっと支払う！　多分払ってくれる！　何度騙されたことかッ!!』

『えぇ……それは、お気の毒に……』

どうすればいいのだろう。

以前であれば、困った時は即座に神様にお祈りして、なんとなく解決してきた。あれは、あれで便利だったなぁ、と思い出しながら私が言葉に詰まっていると、リルさんはぐいっと、私の胸倉を掴んだ。

『今ッ、同情したわね!?　したわよね!?　可哀想だと思った!?　なら、助けて！　そう、つまり、採用して！　それで全部解決するから、採用してよー!!』

え、えぇぇええ!?

『い、いいんですか!?　わたくし、人間種ですよ!?　その人間種の侍女とか、嫌じゃないんですか!?』

『そんな小さな拘りごとき、借金が返せるならドブに捨てます！　私、育児掃除洗濯家事全般なんでもできます！　魔物討伐も経験あります！　家庭教師のお仕事もしていたのでそれなりにこの国の教育もできると思います！　なんなら人間種の言葉も話せます！「はい！　リル・

イルヤ子爵令嬢！　歳は１６７歳！　よろしくお願いしますご主人様!!　人間種の就職には履歴書が必要なんですよね!?　書いてきましょうか!?』

後半は流暢《りゅうちょう》な、私になじみ深い言葉で話してくれる。

あまりの勢いに、私は「は、はい、では、採用で」と、頷くしかなかった。

「え、猫？　なんで猫が喋れるの？　魔物??」

リル・イルヤは明るい女性だった。

女性、と言ってしまうには顔立ちはまだ幼い。人間でいうところの、15歳か16歳くらいに見える。桜色の髪は長く大きな三つ編みにされていて「たっぷり育てて売るんです」と、大変逞しいお心をお持ちでいらっしゃるようだ。

アーゲルド夫人や他のご令嬢が出ていってしまった後、リルさんと私は改めて自己紹介を行い、猫騎士さんのことも紹介した。

「猫は猫騎士でございますので、喋れるのでございますよ、侍女殿！」

「へぇー、つまり珍しいってことよね？　エルザードに喋る猫はいないし、お金持ちの貴族に良い値段で売れないかしら？」

「某は売り飛ばされるつもりはありませんが!?」

私に仕えるという立場は同じなので、カラバさんが愛想よく自己紹介をするのにリルさんは「この毛皮の値段は……」と、真剣な目で鑑定している。

「でも、ご主人様のペットを売り飛ばすなんてさすがにできないし。あ、でも、休みの日に街で見世物になるのはどう？　利益の1割はそっちにあげるから」

「某が1割でございますか!?　ご主人様！　この娘、悪人エルフでございますよ!?　某の妹分になるかと張り切ったのに!!」

わぁあ、とカラバさんが私の膝に飛び込んできて泣きはじめる。仕方ないのでよしよしと撫でていると、リルさんが「冗談ですよ」と微笑んだ。

「で、ご主人様。雇用していただけたのは嬉しいんですけど、それはそれとして、アーゲルド夫人のことはこのままじゃまずいですよ」

「リルさんは有能な方だと感じましたが」

私だってある程度自分の身の回りのことはできるし、ギュスタヴィア様が侍女をと付けてくださったのは私がここで快適に暮らせるようにとの御心。それにはリルさんだけで十分では？

「……あたしは確かに側仕え的なことをさせたらほぼ万能ですけど？　って、そうじゃなくて。これから晩餐会だってあるんです」

「晩餐会？」

「あたしは公の場に出ない雑用係を押し付けられるための最下位の侍女なんで、そういう社交に関してお手伝いできるのは、あんまりないんですよ。ドレスとかも用意できませんし、……ご主人様、アタシの貸衣裳着て出ます？」

リルさんは本当に良い侍女だった。

彼女は暗に、アーゲルド夫人とこのまま溝を深めるのは損しかないと指摘してくれている。今ならまだ頭を下げればあの夫人と決定的に対立しないで済むと、リルさんの配慮。

「あたしじゃ出席者のリストも時間も、会場も、着ていくドレスの決まりも分かりませんよ」

もしかしてリルさん、さっきあの場で突然ご自分の借金の話などされたのは、私がこれ以上アーゲルド夫人を挑発しないように、という意図だったのか。


部屋を出て少し行った場所で、アーゲルド夫人が1人で立っていた。私が追いかけてくることを想定していたのかもしれない。

私は彼女に無礼を謝罪し、教えを乞うべきなのだ。

勝ち誇るような夫人の表情。再び部屋に入り、ソファに腰かける。カラバさんとリルさんには出ていってもらって、部屋には私とアーゲルド夫人のみ。

「……」

アーゲルド夫人は口を開かなかった。私が最初に口にするのが謝罪でなければ、そのまま無言で立ち上がり、出ていくつもりだと分かる。

私は目の前の、エルフの貴族のご婦人を改めて見つめた。艶のある美しい髪は茶色より少し明るいが金色、というほど眩くはない。白い肌にエルフ特有の長い耳。着ている服はエルザードの貴族女性が纏うデザインなのだろうが、他の若いご令嬢たちと比べると落ち着いている。

「アーゲルド夫人」

「……なんです？」

「まず、改めまして」

すっ、と私は立ち上がり、祖国ルイーダ国の貴族の娘がする年長者に対しての礼を取った。

「わたくしはイヴェッタ。以前はルイーダ国のスピア伯爵の娘でした」

アーゲルド夫人は、その物腰から身分が高くそして、王族の婚約者候補の侍女長として国王から指名される実績と信頼のある女性なのだろう。

その女性が、主人となる存在である私に反感を隠さないでいる。その理由は、プロ意識が高い者であれば有り得ないもの。だが、彼女はあからさまに私を嫌っている。

いや、嫌い、ではない。

自分のこれまでの実績に自負があるからこそ従えない。これは彼女の自尊心の問題なのだ。

私は彼女の華々しい経歴を知らないが、例えば立派な方に仕えてきた彼女が、エルフにとって差別の対象であり卑下《ひげ》するのが当然の存在の「人間種」ごときに仕えるなど、これまで彼女が仕えてきた主人たちの名誉にも傷をつける行動だと、そう判じたのではないか。

だから、王命であろうと反発する。あからさまに敵意を示す。これは彼女にとって、それほど大切な主人がかつていたとも考えられる。

そういう態度を「取るべきだ」と判断されたのは、私が彼女にとって「名前と容姿と、少しの言動しか知らない」取るに足らない存在だからだ。

人間種の娘。

小生意気な目で見てくる、好戦的で思慮の浅い娘。王弟殿下の婚約者候補にしゃしゃり出てきた、身の程を弁《わきま》えぬ娘。持っているのは、男の加護だけで当人にはなんの地位も権力も、そして能力もない。

そう思う相手。

そんな価値のない娘に仕えるほど己は安くないと、そう決めた。

私がアーゲルド夫人をよく知りもしないくせに「感じが悪い」と判断して遠ざけようとしたような、互いにそんな程度の認識。

「……」

挨拶をする私をアーゲルド夫人は無言で見つめた。私がしずしずと大人しくなり、彼女のしかけた茶番を受け入れる気になったのかと、そう探る目。

「わたくしは」

なぜ茶番がしかけられるのか。

どうでもいいからだ。

相手がどんな生き物かどうか、知らないし知る気もない。

ただ、自分の望む通りに振る舞ってくれればそれでいいから、どうでもいいから、しかけられるのだ。

「神々の切り花です」

「……」

既に知らされている可能性もあったが、僅かに驚いた反応を見るに、まだ告げられていなかったらしい。「ならばなおのこと、仕えるわけにはいかない」と覚悟を決められた気配は感じたが、私は言葉を続ける。

「わたくしが今、ここにいるのはギュスタヴィア様の妻となるためです」

「人間種の生など、所詮《しょせん》１００年もないのでしょう。その短い時間のために、他国の王室を汚そうというのですか」

「死にたくありません」

ぴくり、と、アーゲルド夫人の眉が跳ねた。僅かに目を細め、私の次の続くだろう言葉を初めて「聞いてやろう」という気になっていた。

エルフの方々にも、これは言えることでしょうが、と前置いてから私は話を続ける。

「人の心には、他人を慈《いつく》しむ心があります。静かな夜に大切な人と言葉を交わした時、美しいものを一緒に見た時、心の中に芽生える暖かな感情。そして、どうしようもなく辛《つら》い時、悲しい時、自分の力だけではどうしようもない状況になった時に、願い、祈る心。私は、それらを神様が受け止めてくださると信じていました」

けれど、実際に存在する神々は「そう」ではなかった。

全ての人間を平等に愛し、慈しんで、そして救ってくださる存在ではなかった。

「なので、祈りません、なので、私は死ぬそうです。死にたくありません。なので、ギュスタヴィア様の妻になります」

演技ではなく、私は両手を胸の前で合わせ、祈るように目を伏せた。祈り願う心、ではない。

これは確定事項。覚悟を、改めて口に出して言葉にするための、形。

「アーゲルド夫人。私には貴方が必要です。どうか、貴方の持つ知識や経験、その地位と影響力を、私のために使ってください」

◆◇◆◇◆

アーゲルドは前ブーゲリア公の妻であり、そして現国王ルカ・レナージュの乳母を務めた女
だが、そんな肩書などより彼女が重要視するものは一つ。

先代国王の側室、オクタヴィアの侍女長であったということだった。

今でこそ「最愛王レナージュ様の御母堂様《ごぼどう》」「悪鬼ギュスタヴィアに殺された悲劇の聖母様」だなんだのと崇《あが》め、褒め称えられているが、アーゲルドは忘れない。

王妃オクタヴィア。

エルザードに属さぬ「銀の森」の賢者の娘。はだしで森の中を駆け回り、朝露で唇を濡らし弓を巧みに操る古い種のエルフ。

それを捕らえた。

獣のように檻に入れ、暴れる野獣のようなオクタヴィアは鎖に繋がれ檻の外から棒で突かれ、布を一枚も纏わぬ姿のまま、エルザードに輿入れした。

先代国王。何百人もの女を孕ませては「できそこないが」と子を殺した男。

当時、神の切り花は、5体竜となっていた。世界の守護者たるエルフの失態。切り花を、竜

を葬ることのできる〝力〟がなかった。境界線の脅威は増すばかり、魔物たちも勢いづいた。

あと二つ。

あと二つで世界が終わるという重圧に、神や竜に挑んでは殺されゆく国民の悲鳴を聞く度に、怪しき者は殺せと先代国王は人間種の赤ん坊、残りの二つの切り花になる可能性のある幼子を殺すため人間の世界に攻め込んだ。

『民は死なせぬ、最も多く流れるのは王家の血でなければならない』

と、そう。王家の血筋ならば高い魔力や素質があろうと、女たちを手あたり次第孕ませたのもそうした時代であったから。

「子どもを一人産んだら、森に帰してくださると陛下はお約束くださったわ！」

森で野鳥と歌っていただけの世間知らずな女オクタヴィアは、姿を整えれば銀の髪に黄金の瞳の美しい姫君のようだった。

礼儀作法もなにもあったものではない。食事の度《たび》に手づかみで食べようとする、ドレスの裾を裂いて「動きやすいもの！」と微笑んでしまうような女に、アーゲルドは辟易《へきえき》したものだ。

女が子を産み、ある程度の力を持っていれば戦力として育てられる。オクタヴィアは頭の軽い女であったので、子どもを産んだ後に、一定基準に合格しなければ母子ともに殺されることなど知りもしなかった。

「さようでございますか」

と、アーゲルドは内心の侮蔑を隠しながら彼女の相手をした。生まれ育ちの確かな、国内の女たちに「最高の貴婦人」と呼ばれる己が、どうしてこんな愚かな女の世話をしなければならないのか。

当時、アーゲルドの父が国王の不興を買った。それゆえの嫌がらせだとは女の頭でも理解していたが、それでも納得しきれずアーゲルドはオクタヴィアとまともに視線を合わせようとしなかった。

毎朝毎晩響く女の悲鳴と呻き声。世界の脅威も危機も、どれだけ聞かされても理解できない、小さなおつむの女は、使命も名誉も感じなかった。

森へ帰してと。父の元へ帰してくれと、ただそれだけを懇願する。

野を駆け回った足も、草木を抱いた両腕も、そして日の光や星の輝きを受けた美しい瞳も失って、それでもただ喚くオクタヴィアはそのうち喉も潰された。

100年ほど経っても、子を孕まなかった。エルフは生涯それほど多くの子を産む体ではない。

さらに100年、ついに竜が6体になっていた。傲慢の黒い竜。強き竜の咆哮《ほうこう》はエルザードの国民たちを震え上がらせ、国民を守るために多くの兵士や騎士、王子たちが死んでいった。

ある日、潰されたオクタヴィアの瞳が元通り開いた。

逃げないようにと奪われた両手、両足が、みるみる、元通りとなっていった。

次の子を孕んだのだ。

胎にいる時点で、母の傷を、それも呪術で癒やしを封じられた傷を瞬く間に治すほど、強力な力を持った子が、宿った。

王の歓喜。狂気。愛しいと、よくやったとオクタヴィアを抱きしめて浴びるように口づけを落とした。

その頃、観念したのか、もはやオクタヴィアは『森に帰りたい』とは言わなくなった。既に森が焼き払われて製鉄所にされていることを知っていたのかもしれない。

大きくなる胎を、ゆっくりと撫でるオクタヴィアの黄金の瞳はぼんやりとはしていなかった。昔の通り、光り輝いていて、アーゲルドは不気味だった。どうして狂ってしまわないのか。そうすれば少しはマシだろうに、正気を手放さずにただじっと、腹を撫でている。

「ありがとう、アーゲルド。いつもそばにいてくれて」

ふと、そんなことを言ってきた。美しい月夜の晩。

オクタヴィアは揺り椅子に腰かけ、窓から見える美しい月を眺めながらそう言った。

「いえ、とんでもないことでございます」

「あなたはわたしのことが好きじゃないけど、わたしのこと、ちゃんと同じエルフだって扱ってくれたわね」

　ただ孕むための女は妃でもなんでもなかった。だから、城の他の連中から、彼女は家畜のように扱われていた。アーゲルド夫人がどれほど止めさせても追いつかない。

「……お仕えして、それなりに長うございますから」

「そうね。そう、もうずっと、アーゲルドが一緒にいてくれてる気がするの。だから、お礼をちゃんと言いたくて」

　長く、あまりにも長く側にいた。

　……誰よりも身近にいてしまい、どうしても、情が湧いていた。

「わたしね、死ぬのよ」

「は？」

「わかるの。この子を産んで、わたし、死ぬの。それは別にどうでもいいんだけれど。気に入らないわ。わたしが死んで、あいつ、子どもだけ手に入れるじゃない。わたしの未来も過去も何もかも奪ったあの最低の男、この子を手に入れたら、なんでも望みが叶えられるなんて、思ってるのね。ばっかみたいね」

　そこで初めて、アーゲルドはオクタヴィアが激しい憎悪と怒りを抱いていると、そう知った。

　おかしな話だ。抱いていないわけがなかったのに、あまりにもただ泣き喚き、愚かで無力な女であるから、強い憎しみの感情など抱けまいと。そんな強さはなくただ奪われるだけの乙女だろうと、そう思い込んでいた。何を馬鹿なことを。この女は、元々森で狩りをして、他の命を奪って生きてきた蛮族だったではないか。

長くいて。忘れたのか。美しく煌《きら》びやかなドレスを纏い、室内にいるばかりのか細い女だから、悲しむことしかできないと思い込んでいたのか。

「だからね。昔、お父さんに教えてもらったやつとか、森の妖精たちに『使っちゃ駄目だよ』って言われた、わたしが知ってる呪いを全部、この子に与えたの」

するり、と、オクタヴィアがアーゲルドに両腕を伸ばし抱き付いてきた。

「あなただけは好き。この国で、あなただけは好きよ、アーゲルド。この子、ギュスタヴィアはあいつを殺すし、国を焼くわ。ざまぁみろよね。うれしいわ、たのしいわ。でも、あなたは好き。あなたも、ギュスタヴィアに殺されるだろうけど、わたしがあなたを嫌いだからってわけじゃないことは、知っていてね？」

美しい銀色の髪に、黄金の瞳の女はゾッとするほど美しい微笑みを浮かべて、アーゲルドの頬に口づけた。

アーゲルドはオクタヴィアを突き飛ばす。きょとん、とした顔でオクタヴィアはアーゲルドを見上げ、そして「アハッ」と、声を弾ませながら笑う。

「忘れないでね、アーゲルド。大好きよ。愛しているわ、アーゲルド。わたしのたった一人の、大切なひと。あなたの望んだことは何一つ叶わないけど、別にいいわよね？」


そうして、オクタヴィアは炎に包まれた。

そうして、胎から生まれた子が、ギュスタヴィア。

オクタヴィアと同じ、光り輝く美しい銀色の髪と、黄金の瞳を持つ美しい者。

その子どもは、母親の願い通り自分の父親を殺し、6体いた竜の半分を殺し、神の切り花をことごとく焼き尽くし、世界に再びの平穏を齎した。しかし、誰にも愛されず誰も愛せないそのおぞましい生き物は、竜の脅威を忘れた時代にはただの脅威で怪物だった。

◆◇◆◇◆

「わたくしの全てを、貴方のために浪費せよと、そう言うのですか」

そして現在。

アーゲルドは、あのおぞましいギュスタヴィアの「妻」となるために、ここにいるという人間種の少女を前にしている。

それなりの教育は受けているように見られる娘。物腰からおそらくは人間種の貴族の出だろうが。大貴族特有の傲慢さがないため、弱小貴族程度だろう。

切り花だという。

それがこの国の、王室に入り込もうとしている。

なんの冗談だ。

国王陛下はご存知なのか。知らないわけはないが、あまりにも、バカげている。

アーゲルドは前ブーゲリア公の妻であり、そして現国王ルカ・レナージュの乳母を務めた女だが、そんな肩書などより彼女が重要視するものは一つ。

彼女の唯一の汚点、先代国王の側室、オクタヴィアの侍女であったということだった。

仕えるに値しない者に、仕えることは二度としない。

アーゲルドは自分の才能に自負があった。長く学んだ知識、教養。歩き方から話し方、話題の選び方。淑女が必要な知識は全て得ていて、その知識は常に更新されている勤勉さ。

それを、活かせなかった。

最も長く仕えたオクタヴィアは、アーゲルドの渾身《こんしん》の教育をもってしても、エルフの国最高の貴婦人にはならなかった。

アーゲルドは正しく自身の才能を振るいたかった。己の何もかもを奉げて、最高のエルフの貴婦人を育て上げる。それが彼女の悲願。国のことなどそれを担う男どもや当主たちが好き勝手に考えればいい。だが。

「……」

この娘。ただ黙って微笑んでいれば神々に冗談のように愛されて何もかも思いのままになるだろう人生を、自ら捨てて、求めている姿。

「悪くないですね」

興味が沸いた。関わろうという心。人間種は寿命も短い。こういう女に仕えてみるのも良いだろうと、そういう気になった。

2章　一方その頃、カーライル皇帝陛下は

　イヴェッタの母、トルステ・スピア伯爵夫人が王宮に囚われているとカーライルが知ったのは、ルイーダに滞在して暫くのこと。

　あのイヴェッタが育った国。神に見放され滅びる国というのはどういうものかと、それを見に来たカーライルは、もうこの国に興味はないと見切りをつけていたのだけれど。

「私は彼女の友人です。よろしければ我が国にお連れしましょうか？」

「……まぁ、それは……親切にありがとうございます」

　幼い頃から隠れて移動するのが得意だったカーライルは、他国の宮殿でもある程度慣れてしまえば容易いことだった。堀の深さや王宮の見取り図が描けるほど探り、ついでに秘密の抜け道を2、3発見した。放っておいても滅びる国に、ドルツィアが攻め込むことはない。これはカーライルの趣味のようなものだ。

　それも、まぁ、現在のルイーダ国はあちこちで頻繁に出没する魔物の討伐で騎士たちも忙しく、城にいるのは無能な貴族騎士か、新兵ばかりというのもあったのだろうが。

　それで、見つけた王宮の奥でひっそりと生きている中年の女性。

黒い髪に菫色の瞳の穏やかな婦人。

にこにこと微笑み、相手の善意を信じる無邪気な、少女のような女性だった。

「わたくしは……王妃様より、この王宮に留まるように命じられております。貴族家の者として王妃様に逆らうわけにはいきませんわ」

「あまり良い扱いを受けていないように思いますが。貴方は私の友人の母上でいらっしゃいます。友人の母上を、見捨てることは彼女との友情に反します」

「まぁ、優しい方。あの子が国から出てしまって、どうしているのか心配だったけれど、貴方のような優しい方と友人になれているのだから、あの子は幸せね」

ふわふわと砂糖菓子のように優しく微笑む婦人。自分がどういう扱いを受けているのか分かっているのか。悲観した様子も、傷付いている様子も一切ない。

ある種の化け物。なるほど、こういう女の胎から、イヴェッタのような生き物が生まれるのだろうなとカーライルは妙に納得した。

(無駄足だったな)

かつて神の国と呼ばれ、各国から垂涎《すいえん》の的だったルイーダ国の荒れように、ドルツィア帝国皇帝カーライルはがっかりした。

帝位につくまで冷遇された王子であったのでルイーダに来たのは初めてだが、幼い頃憧れた

「豊かで美しい、神に愛された都の首都」は見る影もない。

大通りすら活気がなく、家屋の扉は固く閉ざされ、こぞってルイーダでの商売を望んでいた商人たちのほとんどが国外へ出てしまった。

作物は育たず、鉱山は何も取れず、かつての豊かさが嘘のよう。

(無事なのはスピア伯爵家の領地と、その近隣の土地だけだという話だ)

イヴェッタの家族のいる土地だけではなく、なぜ近隣も無事なのかは、カーライルには分かる。心ない者に狙われるならまず、その近隣の豊かな土地からだ。その土地の所有者である貴族たちは必死に自分たちの領地を守るだろう。その防衛はスピア伯爵領を守る盾にもなり、また彼らは「自分たちの土地がこの不幸を免れたのは、スピア伯爵領を守るためだ」と理解している。守らねばすぐさま、ルイーダの他の土地と同じように悲劇が襲いかかってくる恐怖はどれほどのものか。

「おぉ、これはこれは。ドルツィア帝国の皇帝陛下!」

親し気に声をかけてくるのは夜会で挨拶をしてきた貴族だった。仮にも一国の皇帝に対して、あまりにも無礼な態度である。だがカーライルは咎めたりはせず、人好きのする笑顔を浮かべて彼らに応じた。

「いかがです、我がルイーダの城は。ドルツィアのような田舎……いえ、失礼。そちらの城とは華やかさが異なるでしょう」

「えぇ、そうですね。我が国は長く、服飾に時間や費用をかける余裕がありませんでしたから……ルイーダの王宮は貴婦人だけでなく、男性の衣装まで贅が散らされ華がある」

供もつけず一人でルイーダの王宮を歩くカーライルを、ルイーダの貴族たちは見縊っていた。宮中に蔓延る彼らはこの国の危機に対して鈍感だった。ドルツィア帝国を「瀕死の貧しい国」と見下している。実際、ドルツィアは少し前までは風前の灯火であったので、それは別にいいのだけれど、彼らはカーライルがこの国に来た目的はルイーダ国と同盟を結び国を豊かにするためと、そのように考えているらしかった。

かつてのルイーダ国であれば同盟は価値があった。ルイーダと同盟を結ぶために、ルイーダの要求を全て呑むくらいのことはしただろう。彼らは今でもそう考えていて、国内の不況をドルツィア帝国の支援で解決できるものだと思っていた。

「よろしいのですか？　市井《しせい》では、一掴みの小麦を買うことも難しくなっていると聞きますが」

「なぁに、死者は一人も出ておりません。何も問題はありませんよ。ハハハ」

王宮内は変わらず、金銀宝石で着飾った貴族たちが毎日のようにパーティーを開いている。貴族たちには蓄えがあり、現在の状況に危機感を覚えていなかった。

「これも全てはおぞましいあの魔女、イヴェッタ・シェイク・スピアの仕業《しわざ》ですがね」

「……」

声をひそめ、不吉なものを口にするように顔を歪める貴族。

（王都の貴族の子息令嬢に降りかかった災いや、不作は何もかも、イヴェッタのせいか）

これまで神の子だの聖女だのと有り難がっていたくせに、その恩恵を受けてきたくせに、よくもまぁ今は魔女だなんだのと言えるものだ。


「折角我が国にお越しいただいたのに、大したもてなしもできず申し訳なかった」

「いいえ、我がドルツィアはルイーダとはあまり交流のない国でしたから」

「ええ、ですが、これを機会にお互い助け合って良ければいいと思います」

3日後にここを発つことを明らかにしたカーライルの相手をしたのは、ウィリアムだった。

国王テオはこのところ体調が悪く臥《ふ》せっている。とはいえ、それなら王太子である第一王子が他国の皇帝であるカーライルの相手をするべきであったが、第一王子は「多忙」で、とてもではないがカーライルのために時間は作れないそうだ。

（舐められているのは、まぁ、良い）

各国に支援要請をしているのだろう。第一王子は優秀でドルツィアにもその名が届くほどの人物だった。王宮の貴族たちがのんびりとしている中、唯一この状況を危険視している人物か

もしれないとカーライルは評価している、

（だが、まぁ、イヴェッタを国から出した時点で、この国の連中は皆無能だが）

「大国ルイーダの王子殿下にそのようにおっしゃっていただけると、大変心強く思います。何しろ私は本来玉座からは程遠い王子でして、今後上手く国を治められるのか心配なんです」

「ご謙遜を。ご滞在中のカーライル王の振る舞いを見れば、貴方が実力と自身を持った堂々としたお方であることが分かります」

ウィリアムは頭の悪い男ではなさそうだ、と、カーライルは思った。

あのイヴェッタを追い出し、妙な女に入れ込んだ馬鹿王子かと思ったが、こうして他国の王族をもてなす様子はきちんとしている。

しかしカーライルは、別にルイーダと仲良くしたいわけではないし、ウィリアムと友情を育むメリットも見出していない。ので。

「そう言えば、ウィリアム殿下はご婚約者殿がおられるとか」

「……え、えぇ。まぁ。これでも王子ですから、はい」

「王族とは孤独なものです。生涯を共に歩む女性を既に見つけていらっしゃるとは、羨ましい」

にこにこと朗らかな笑みを浮かべる。

これまでまともな交流のなかった他国の王族の婚約者についてなど、詳しく知らなくて当たり前。と、そのように。

どう返してくるのか。カーライルは楽しみだった。

ウィリアムの現状を多少は知っている。

イヴェッタ・シェイク・スピア。彼女を魔女だと見抜き、可憐な男爵令嬢と真実の愛を見つけ、魔女を追い払った勇気ある王子。と、それが現在の評価だ。

まぁ、誰も「イヴェッタこそ聖女で、彼女を追い出したから国が危機に見舞われている」など認めたくないだろう。

それなら「魔女が逆恨みして国に災いを齎している」と、何もかもイヴェッタのせいにしてしまう方がマシだ。

「確か、男爵令嬢でしたか。彼女の話をしてくれた貴族たちは皆、彼女を真の聖女だと口を揃えて言っていました」

「……違う……私の婚約者は……」

イヴェッタだ。などと言おうものなら、カーライルはここが他国だろうが助走をつけてこのアホ王子を殴ってやろうと思った。

だがウィリアム殿下は顔を両手で覆い、首を振る。

「……マリエラ。彼女が……僕にはもう、分からない。なぜ……この国で何が起きてるんだ？

側近たちは皆倒れて、でも誰一人死ぬことがない。苦しみ続けている。父も……国王陛下も倒れられた。皆、これはイヴェッタの呪いだと言う。マリエラこそ正しいと、彼女の言葉は強く……イヴェッタは神に愛されてなどいなかったと、誰もが言う……」

うわ、なんか、面倒くさいことになるか？　と、カーライルは笑顔のまま、ウィリアムの嘆きを聞かされた。

「カーライル王……貴殿から見て、この国は……どうです」

「どう、とは」

「……呪われているのですか？　それとも、見放されているのですか？」

正直、興味はなかった。

呪いであれ何であれ、この国は衰退し滅びるだろう。イヴェッタ・シェイク・スピアのせいにしたいのならそうすればいいのだが、ここでふとカーライルは違和感を覚える。

死ねない状態で生きている貴族の子息。興味があって見に行ったが（ドルツィアの医学で見れるかもしれないという触れ込みで）あれは、イヴェッタが神に祈った結果……ではないように感じる。

（俺の時と、違うな）

思い出すのは田舎の村での出来事。カーライルの命を狙った騎士たちに対して、イヴェッタが祈り、どうなったか。

（状況は似てはいる。うちの騎士たちも、似たような……苦しむが死なない状態にはなった。だが、違う）

「ウィリアム殿下、現在……呪いを受けているとされている子息令嬢について、質問が」

「……な、なんだ……？」

疑問が浮かぶと、人はどうしても気になってしまう。無視できなくなる。カーライルはルイーダの貴族への同情も正義感もなかった。だが、ふと浮かんだ疑問。

（呪われ苦しめられていると考えられている。その前提が間違いではないのか？）

被害者名簿はすぐに取り寄せられた。学友だったということもあり、ウィリアムはその名簿の大半の人間についてのカーライルの質問に答えることができた。

「……つまり、確かにイヴェッタ・シェイク・スピアに対して良くない感情を持っていた者もいただろうが……大人しく優しい、下級貴族の生徒も、巻き込まれている、ということか」

「……どういうことです……？」

「呪いというものが、悪意への返礼であるとして、災いは、悪意を抱いた者に降り注ぐものであるとして……このリストの人間全てがイヴェッタ・シェイク・スピアに対して悪意や敵意を持っていたとは、考えにくい」

神の裁きであるのなら、あるいは呪いであるというのなら、何かしらの「罪」があってしかるべきではないか、とカーライルは疑問だった。

だが人間が誰しも他人に興味があるとは限らない。中には、イヴェッタとウィリアムの婚約破棄などどうでもよかった者もいただろう。だというのに、ウィリアムたちの卒業記念パーティーに参加した生徒たちは全員もれなく、死なない呪いを身に受けて、肉塊となっている。

「人為的なものである可能性はないか？」

「……いや、それは。ない。あの状態は一種の「不死」である、とさえ言えるらしい。そんな状態にできる人間など、我が国にはいないはずだ」

剣で刺しても魔法で焼いても、肉塊となった彼らは死ぬことがない。ただ苦痛を与えられ呻くばかりのしろものだが、一部の権力者が求める「不死」である。

「…………」

ウィリアムが沈黙した。カーライルは第三王子の様子にがっかりする。まともな青年だと思ったが、ただの馬鹿かもしれない。

何も知らない。何が起きているのか、分かっていない。「どうして」と震えるばかりの愚か者。

かつての自分の姿に、重なった。

（…………まぁ、イヴェッタには……借りもあるしな）

あー、仕方ない、と、カーライルは溜息を吐《つ》く。

他国のこと。放っておいても構わない。自分が何をしようと、ここまできてしまったこの国の結果というのは変わらない。

だけれどまぁ、イヴェッタが魔女だとか、彼女にこの国の不幸の責任の何もかもが押し付けられているという状況で、目の前のこの男は、どうもどうやら……それなりに、何か考えたいと思っているらしいのだ。

「一つ助言を。私の知り合いによれば……神々というものは、人が思うほど……我々に関心がないそうです」

「……は？」

イヴェッタの言葉だ。婚約者だったというこの王子へ、この状況へのヒントになればいいが。

あの女曰《いわ》く、それほど神は我々に興味がない。

カーライルは子息令嬢たちの身に置きていることが、人為的なものではないかと疑った。

◆◇◆◇◆

ドルツィアの皇帝と別れ、ウィリアムは国王の寝所に呼び出された。

「……父上」

「そんな顔をするんじゃない。まぁ……親が弱る姿を受け入れるには、お前は若くて未熟だから仕方ないけどね」

ゆっくりと寝台の上で呼吸をするのは、このひと月で一気に老化が進んだテオだ。美しかった金髪はすっかり白くなり、頬は痩せ目の周りには窪みができた。げほげほとテオが咳をするたびに、命が削られているような気がして、ウィリアムは恐ろしかった。

「……父上、きっと回復されます。そうですよね？」

「無いね。それは、無理だ。今死んでない方がおかしい」

きっぱりテオは言う。ウィリアムの言葉を、彼はいつも否定する。

国王テオが倒れた。公務の最中に吐血し、倒れ一時は危篤状態だと言われたが……死ななかった。持ち直したわけではない。

「イヴェッタが出ていってから、この国では誰も死んでいない死んでいない」

テオの身体は手先から腐ってきていた。もう自分では体を起こすこともできないという。

「……し、しかし、喜ばしい……ことでは、ありませんか？　餓死者や病、不幸な事故で亡くなる者がいないということは……」

「死んでないだけなのに？」

テオが皮肉めいた笑みを浮かべた。

呪われ死ねず苦しむ貴族の子息令嬢とは別に……現在のこの国の、飢えて倒れた者、大怪我を負い重傷なはずの者、大病を患って臥せっている者、その誰も彼もが、死んでいない。

例えば、不幸な事故で瓦礫の下敷きになった大工は、両手がぐちゃぐちゃに潰れ、頭が半分窪んだが生きている。

「……父上が倒れたのは、イヴェッタの呪いだと言う者がおります」

「僕のこれはどう考えても毒だろ。まぁ、倒れた時『ついに僕の番か』って思ったけど……」

テオは現在、公務のほとんどから退いた。第一王子と第二王子、そして王妃スカーレットが王の代理として執務を行っている。

「陛下、マリエラ・メイ男爵令嬢がいらっしゃいました」

「あぁ、通してくれ」

長くテオに仕えた老執事が訪問者を告げ、許可を受けて扉を開ける。

「父上?!」

「なんだ、知らないのか？　お前は本当に、王子としての才能がないな。マリエラはほぼ毎日、ここへ来ているぞ」

そんな話は聞いていていない。だが、側近が全て倒れたウィリアムが、正確に宮中の情報を手に入れることは難しかった。

「……マリエラ」

国王の寝室にやってきた恋人は、相変わらず美しい長い栗色の髪をしていた。一カ所に軟禁されていたという噂は聞いていたが、寝室に毎日来ているというのはどういうことだろう。

「やぁ。キファナ公爵令嬢」

ウィリアムがいることにマリエラは興味を示さなかった。軽い口調でテオが声をかけると、顔付きを険しくした。寝台に近付き、どこに持っていたのか、短剣でテオの胸を刺す。

「!?　マリエラ……!!　何を!!」

慌ててウィリアムはマリエラを引き離した。医師を呼ぼうと大声をあげるが、そもそもなぜ国王の寝室に刃物を持ち込めたのか。厳重なチェックが入るはずだ。ウィリアムは王子であるので帯刀を許されているが、マリエラは……王家に敵意を向けている存在だ。

「あー、いい。構うな、ウィリアム。彼女はこれが日課なんだ」

「……はぁ？」

のんびりと言うテオにウィリアムはわけが分からなかった。

マリエラは血の付いた短剣をぽいっと捨てて、ぶすっとした表情で座り込む。

「その娘、王家の解体……または、革命を企んでてさ。あちこちの貴族や民衆を煽っててまぁ、打倒王家！　とか、そういう感じにしようとしてたんだけどね」

「は？　え？　え？」

「王政でない国は確かに存在するけど、ルイーダはそれができる国じゃない。で、取引したわけ。僕を殺していいから、王家の解体諦めろ、ってね」

「死なないじゃない、アンタ」

黙っていたマリエラが口を開く。かつて「天真爛漫《てんしんらんまん》」だと思った少女の変わり様に、ウィリアムは言葉を無くす。

「死ななくてすまないが、これは僕のせいじゃない」

毒に倒れた死の淵で、ウィリアムは「どうせ死ぬならこの命の使いどころを自分で決めるか」と、思いついた。マリエラを呼んで話をし、彼女だってこの国の混乱を煽って大量虐殺が起きるような革命を持ち込みたいわけではないだろう、と。

寝台の天蓋《てんがい》を見上げ、テオがゆっくりと息を吐く。

「そう。この国の人間は今、誰も死ねない。死んでいないから、むごいことになってる。だから、きっと、起きた順番が逆だったんだ。イヴェッタたちの卒業記念パーティーで出た料理に、毒、あるいは呪いがかけられていた。人為的に。敵意と悪意があった。だが、誰も死ななかった。悪意も苦痛も何もかも、残っているのに死だけが退けられている」

3章　おいでよ楽しいエルフの国!!　その2

さて、今夜は楽しい晩餐会。

アーゲルド夫人に晩餐会での作法や注意点の指導を受け、ドレスの着つけをしてもらった。

リルさんは髪の結い上げまでできるようで「これが今の流行なんですけど」と見せてきた絵のものはどれも長い髪であることが前提だ。アーゲルド夫人と3人で選んだのは肩口までの髪はそのまま、横の髪を編み込み髪飾りを付けるというもの。

ドレスは魔法がかかっているものを着用したので、サイズは私の体に合う。既製品で臨まねばならないことをアーゲルド夫人は嫌がったが、これは仕方がなかった。

そうして挑んだ晩餐会。

参加者は国王陛下に、ロッシェさん、それに着飾ったエルフの大貴族だろう方々。傍らに控えたアーゲルド夫人が順番に名前や地位を耳打ちしてくれるが、地位についての名前がエルフの国特有のものもあり、正確には把握しきれなかった。

参加者の奇異の視線に晒されるのは想定内。

国王陛下がいらっしゃるので、あからさまに「人間種などと食事を共にするなど！」と騒ぎ立てる者はいないが、好意的でないのはほぼ全ての参加者がそうだと思えた。

王様は私を弟の婚約者候補だと改めて紹介し、今は臥せっておられるギュスタヴィア様が床上げをなさったら、婚約者候補のための儀式と試練を行うと告げた。

私はほぼ居ない者として扱われている空気だが、大人しくしておくに越したことはない。そして少しの歓談の後に食事が運び込まれてきた。

「……」

出された最初の料理、冷菜の野菜が……お皿の上から見える部分を除き、腐っている。

「……」

私は一口食べ、口の中に広がる異臭と違和感、酸味に吐き出しそうになるが、チラリと見た参加者たちは普通に食べている。

明らかに、私の皿だけ、細工がされているようだった。

参加者の貴族夫人たちが「まぁ、美味しい」「どこの食材を？」などと晩餐会らしい会話を弾ませている中、犯人探しなど私にできるわけもない。

騒ぎ立てれば「人間種には口に合わなかったのだ」などと言われるのは目に見えている。

私は黙って、食事を続けた。

出された料理を、息を止めてあまり咀嚼《そしゃく》せず飲み込む。水を何度も飲む私に「あら、いやだ」

などと顔を顰める者もいた。食事の際はあまり水分を取らないのがマナーの一つ、と言われたが、そうでもしないとてもじゃないが、吐き出してしまう。

エルザードのテーブルマナーは人間種の国のものとは多少異なるが、基本的なところは似ていて、その点で私は大きくマナー違反をすることはなかった。

スープも駄目。咽《むせ》るほどに辛い。魚料理は、表面は焼いてあったが内側が完全に生だった。青臭く、そして長時間放置でもされていたのか舌先が痺れる。付け合わせの野菜が腐っているのはもう何も思うことがなく当然だと受け入れるほど慣れてきた。

「遅れて申し訳ありません」

黙々と食事を続ける私の真横から、銀の髪が流れるように入ってきた。肩に置かれる白い手。

「ギュ、ギュスタヴィア……」

ガタンッ、と王様が立ち上がる。

私が斜め後ろを見上げると、そこには美しく着飾ったギュスタヴィア様が微笑みを浮かべて、立っていらっしゃった。

後に知った話なのだけれど、この晩餐会は会場が宮殿だからてっきり王様が主催者と思ったが、実際はそうではなかった。

使用されたのは宮殿だが、料理や当日の進行を担っていたのはキレフ公爵夫妻。王家に連なる血を持つ家門で。王弟ギュスタヴィアの婚約者候補を公式の場で発表する前に、どんな性質の者か、名のある貴族たちがきちんと見定めてやろうとそういう心だったとか、なんとか。

突然現れた現婚約者の登場に、私はひくり、と顔を引き攣らせた。それにギュスタヴィア様はちょっと拗ねるような表情を見せる。自分が登場したのだから満面の笑みで迎えてくれるものだろうと、そう思っていたらしいが……その反応はどうしても無理だ。

「こ、これは……お、王弟殿下ッ！」

「すぐさまお席を……！」

「おいっ、料理の数を1人分……」

この場において誰も歓迎できない存在の登場に、慌てふためくのは私だけではなかった。身なりの立派な貴族たちが、取り乱しこそしないものの、動揺していることは明らかだ。

「席の用意？　席ならあるではないか」

涼しい顔でギュスタヴィア様は仰る。

この場で用意されるべき席は、もちろん王様のお隣。あるいは序列2位になる座席。私はエルフの国の上座についてはよく分からないが。

が、先ほどブルノ公爵と呼ばれた男性が立ち上がり、恭《うやうや》しく一礼して、席を譲ろうとした。お前が退け、と言われたと判断したのだろう。

だがギュスタヴィア様は公爵が席を退くのを黙って眺めていたくせに、それらに興味はないと言わんばかりに私をひょいっと抱き上げて、私が座っていた椅子に座る。

そしてその膝の上に私を乗せた。

……肘掛が私の背に当たり痛めないようにご自身の片手を背に添えて。正面ではなくやや斜め横を向く体勢になった私は、ブルノ公爵とは逆隣にいるロッシェさんと目が合う。『もう嫌、なんだこいつ』という目をしている。

「あ、あの……ギュスタヴィア様……」

「その席は……」

末席だ、と誰かが言いたいのが私にも分かった。

最も身分の低い者が座る席。そこに王弟が座することを貴族の者たちが黙って見ているわけにはいかない。

しかし言い出すわけにはいかないのだ。そうすれば、ギュスタヴィア様が「膝の上に乗せている存在、私をどのように扱っていたのか言い出した者は「分かっていてやっていました」と自白することになる。自殺志願者になりたい者などこの場にはいない。

沈黙が暫く続いた。それは恐怖となって降り積もり、ついに耐えられなくなった私に近い席の貴族夫妻が、揃って席を降りた。

「……っ、わ、私は……ここで、食事を続けます！」

床に直接座り込み、ギュスタヴィア様に頭を下げる。

「私も！」

次々に貴族たちが続いた。我先にと、慌てながら、美しいドレスや礼服を床につける様子を、ギュスタヴィア様は口の端を僅かも緩めずに眺めていたが、私が見上げていることに気付くと微笑みを浮かべた。

「ハハ、どうです？　いい眺めですね」

「……」

残ったのは王様とロッシェさんのみ。王様に近い席にいた公爵位を持つ貴族たちも、結局は椅子から降りて頭を垂れた。朗らかに笑い、私が口を付けていたグラスを手に取り、ギュスタヴィア様がそれを傾ける。

「相変わらずだな……ギュスタヴィア」

「なんでしょう、兄上。遅れたことに関しては申し訳なく思います。何しろ、我が婚約者殿が出席するというのに、この私には招待状がなかったものですから」

その様子を、王様は苦々しいものを見るように顔を歪め、声を絞り出した。

「我がこの座にあるのは、家臣らが我を慕ってくれるからだ。ゆえに、食事の席を共にする。

しかし貴様は、相変わらず、貴様は恐怖で持って他人の尊厳を蹂躪《じゅうりん》し、這い蹲らせることしかできぬ」

「あぁ、イヴェッタ。折角ですから、貴方の手ずから食べさせてください」

兄王のお叱りを、ギュスタヴィア様は全く意に介さなかった。聞こえて等いないように、私に微笑みかけて、料理の一口を強請《ねだ》ってくる。

「……」

しかし、私は望まれたからと言って、ハイ、アーン、ができるわけがない。私のお皿の上の料理は、一口だってギュスタヴィア様の口に入れるわけにはいかない。

「わ、わたくしの食べかけですので……ギュスタヴィア様は、別の……新しいお料理を……」

「いえ、これがいいのです。食事を必要とする身ではありませんが、愛しい貴方と同じ料理を分け合いながら口にしたいのです」

私は這い蹲っている貴族たちをチラリ、と窺った。

明らかに怯えている者がいる。数人、私の席に近かった貴族は私の料理がどんなものか気付いていたようだったから、この反応も分かる。しかし遠い席なのに震えている者もいた。ブルノ公爵ではない。公爵はこの侮辱も感じないように、岩のように沈黙しているだけだった。

私に料理を運んできた給仕も、気の毒なくらい血の気の失せた顔をしている。

「……」

エルフたちが顔を上げずとも、私の返答に集中しているのは、さすがに分かった。この場で私がどう答えるかで、誰が死ぬかが決まる。

私がこの場で、自分に腐った料理が出されていたことを告げれば、間違いなくこの場で貴族たちの首が飛ぶ。そしてそれだけではなく、王宮の料理人たちの命もないだろう。なんなら、この場に呼ばれて私の目の前で次々に首をはねられかねない。

……なんで国民や貴族に「認め」られなきゃならない試練の前に、そんな事件を起こさないとならないのだ！

しかし、ギュスタヴィア様は気付いていて、こんなことをおっしゃっているのだ。私が食べさせるのを嫌がればそれを理由に料理の件を暴き、または、私が食べさせれば……それこそ、関わった者たちは「王弟殿下」にそんなものを食べさせたと……処罰される理由になる。

ロッシェさんも王様も助け舟を出してくれる様子はない。しない、のではなくできない。この場で発言することができるのはギュスタヴィア様と、彼が許した私だけだ。

どうも、私は美味しいお料理の数々を前にして退室する運命にあるようだ。

ギュスタヴィア様に伴われ、というより、抱き上げられて戻ってきた私室。扉が閉まるやいなや、ギュスタヴィア様はそのしなやかな指を2本ほど私の口内、喉の奥に向けて突っ込んだ。

「ぐっ、う、ごっ」

舌の付け根をトントンと叩かれ、体は俯きに。数度えずいてから、私は嘔吐した。幸い吐しゃ物は用意の良いリルさんが構えてくれた桶が受け止める。

「うぐっ、げほっ、ごっ……」

「イヴェッタ、辛いでしょうが。全て吐き出すのが一番です。まだ残っていますね。吐きましょう。手伝いますから安心してください」

顔を上げられないように頭を押さえつけてくるギュスタヴィア様の声ばかりは大変お優しい。

生理的に浮かんでくる涙で視界が滲むが、見えていても自分の吐き出したものが見えるだけなので、閉じていた方がマシだった。

「あの場にいる兄以外を皆殺しにしてもよかったのですが、しませんでした。これは、私を褒めるべきではありませんか？」

胃の中のものを全て吐き出して、口を濯《すす》ぎ、水分補給を終えた私に、ギュスタヴィア様は得意げなお顔でおっしゃった。

「……」

「褒めないのですか？　なぜ？　てっきり、貴方はそれを望んでいると解釈したのですが……」

私がなんの反応も返さないので、ぶつぶつと後半は独り言となる。

「ギュスタヴィア様」

「はい」

ソファに腰かける私の隣に座り、手を握ってくるギュスタヴィア様。その黄金の瞳は、私を嘔吐させて散々苦しめたことに関してはみじんも悪いと思っていらっしゃらないし、苦しんだ私への労わりは一切ない。

自分がしたことを褒めて貰えるだろうと、そういう欲求のみに輝く瞳は大変美しい。

自分の痛みにも他人の痛みにも鈍感なのか、それとも、配慮がないのか。しかし、配慮がない方がご自分の命をかけて私に魔力を与えて下さるかと、私はこの方が分からない。

「やはり今すぐ、あの場の全員の首を切って部屋に飾りましょうか？」

「それはお止めくださいませ。――助けてくださって、ありがとうございます」

……私がお礼を言うと嬉しそうな顔をされる。

「お腹が空いているのではありませんか？　落ち着いたら、何か料理を持ってこさせましょう」

「そうですね……そうしていただけると助かります。ですがギュスタヴィア様、なぜ晩餐会へ？」

結果的に、来ていただいて助かったというのはある。しかし、あれくらいの些細な嫌がらせ程度、どういうことはなかった。耐えられない程度でないものを、大げさにしたような気もする。

「貴方が心配だったのですよ、イヴェッタ」

……柔らかく微笑むが、この顔は嘘だ。

何か理由と目的があってのことだが、私に言う気はないと、そういうお顔でいらっしゃる。

◆◇◆◇◆

刻印式の説明を受けるために私は宮廷魔術師であるロッシェさんの元を訪れていた。

「刻印式はまぁ、形式ばった儀式でアンタはこっちが用意する綺麗な衣装を着て黙って立ってりゃいい。問題はそのまま行われる第一の試練だ」

「第一の試練、と言いますと。〝民〟の試練ですね？」

「あぁ。民の試練ってのは、まぁ、なんだ。守護精霊錬成だ」

「守護精霊の、錬成？」

「あぁ。試練の際、候補者には卵が用意される。ただの卵じゃないぞ。候補者が自分の得意な魔法、あるいは魔術を卵の中に入れ込む。その術者の魔力の属性や魔法の威力、それに精神面や、まぁ、いくつかの要因が組み合わさって、守護精霊を作り出す」

守護精霊は王族の伴侶となる者を生涯守る存在で、象徴でもあると言う。守護精霊は本来王族であれば生まれた時から共にあるそうだ。

「うちの陛下の守護精霊はすごいぞ。陛下の力と合わせればこの国を丸々覆う結界だって張れるんだからな。で、まぁ、〝民にとって守護精霊がいる者は王族として崇める〟っていう前提があってな。守護精霊は王家の象徴で、自分たちを守ってくれるものだと信じてる」

だから守護精霊を錬成できれば、民の試練は合格だとロッシェさんは気安く話した。

「疑問なのですが、わたくしのような……いわゆる異種族が守護精霊を錬成できるのですか？」

「理論上はどの種族であっても魔法さえ込められれば問題ない。１２００年くらい前は銀狼族の姫君が王族の妃になるためにこの試練を受けて無事クリアしたしな」

錬成できることに不安はないが、先ほど「問題はそのまま行われる第一の試練だ」と言った。

「では、懸念材料はなんです？」

「はっきり言うが……人間種が使える魔法や魔術で錬成される守護精霊には期待できない」

「まぁ、そうでしょうね」

ややこちらの気持ちを配慮するような顔で言われた言葉に、私は素直に頷いた。魔法種族とも言えるエルフ族からすれば、人間種の、それも学生が学園で学ぶ程度の魔法や魔術などお遊び以下ですらないだろう。

「す、素直だな」

「わたくしが最初に知ったエルフはギュスタヴィア様ですよ。あの方を間近で見てきて、自分たちの魔法や魔術が同等のものだ、などとは思えません」

「なるほどな。話を戻すが――刻印式までに付け焼き刃でも何か1つ、エルフの魔法を覚えてもらう。当日はそれを卵に込めて精霊錬成をしろ」

「それで皆が納得できる守護精霊になりますか？」

「……人間種の魔法で錬成するよりはいくらかマシ、程度だろうな。だが、錬成さえ成功すれば、あとはこっちでどうにでもする」

ギュスタヴィア様がおっしゃっていた「茶番」ということか。

不正、ではないギリギリのところだ。試練は「守護精霊を錬成する」ということ。それがどれほどみすぼらしい結果になったとしても、成功は成功としてごり押しするつもりらしい。

無言で頷くと、ロッシェさんはややほっとしたような顔をした。

「なんです？」

「いや、アンタが妙な正義感というか、潔癖から面倒なことを言ってこないかと身構えててさ」

私に何か言う権利はない。こちらの無理難題をなんとか叶えようとしてくださっているのはロッシェさん側なのだ。

「で、アンタはどんな魔法が得意だ？　人間種の魔法でいいからちょっと使って見せてくれよ。そこから、似たような魔法を選べば覚えやすいだろ」

「得意魔法……そうですね、在学中は……一通りの魔法は習得して、成績もよかったですけど……得意、と言われると……」

「待て。一通り？　属性に関係なくか？」

「えぇ。それが何か？」

「……ちょっと何でもいいから使ってみてくれ。本当に、何でもいいぞ」

ロッシェさんは顔を引き攣らせながら、私を急かす。

私は少し考えて、学園で習った通り初級魔法、掌に小さな炎を呼び出す呪文を唱えた。

「……あら？」

しかし、呪文を間違えてはいないはずなのに、炎は起こらない。

続いてその他の、物を浮かせる魔法、コップ一杯の水を出現させる魔法など使おうとしたが、どれもまったく、不思議なことに発動しなかった。

戸惑う私を眺めながら、ロッシェさんは顔を顰めている。

「……つまり、なんです？」

「……人間種の貴族であるアンタは、本来なら他の貴族の連中と同じように魔力を持っていたはずだ。だが、アンタは〝根から切り離された〟存在。アンタには魔力がない」

「……ちょっと待ってください。ですが、これまでわたくしは……」

魔法が使えていた。学園生活でも、それ以外でも、呪文を唱えたり、魔法陣を描けば問題なく、他の人たちと同じように魔法や魔術が発動していた。

「……奇跡だ。全部。それ。アンタがあたかも魔法を使えてるように、神々が奇跡を起こしてたんだよ。ンな面倒くさいことをよくもまぁ……」

あいつら暇なのか？　とロッシェさんの呟き。

「……神々のわたくしへの扱いは今はいいとして……つまり、わたくしは魔法が使えない、ということですね？」

それは、かなりまずい事態ではないのか。

「うーん……さすがに、魔力無しは想定してなかったが……いや、俺は宮廷魔術師ロッシェ様だ……陛下の寵臣、陛下の親友、やってやれねぇことはねぇ。やればできる男だ。よし」

「何か名案がありますか？」

「あらかじめ魔法を込めた卵を用意してアンタに渡す」

「さすがにそれは不正で駄目です」

自棄になっていないか、ロッシェさん。

試練がどんな状況で開かれるのか知らないが、大勢のエルフの方々の目があるだろう。こちらの味方も、そうでない方々も。その状況で、卵自体に不正をするのは、どう考えても問題になる。

「くっそー！　ならいっそ、試練の内容を変えるか……前例のない人間種を相手にしようってんだから、なんかこう……配慮があったっていいはずだろ⁉」

ロッシェさんはおそらく、というか確実に、普段は有能な方なのだろうが……さすがにこのイレギュラーは想定外過ぎたのだろう。対応しきれずにいることに私は申し訳なさを感じ、自分でも何か手はないかと考えてみる。

ふと、私は自分の胸元に埋め込まれた鱗に触れた。

ロッシェさんの元で刻印式や最初の試練の説明を受けて、私はギュスタヴィア様に相談したいことがあると塔を訪れた。

しかし、ギュスタヴィア様は不在。なんでも、国王陛下より何か指示を受けて、暫く留守にされるという。門番の騎士が私宛の手紙を渡してくれてそのことを知った私は、なんだか妙なショックを受けた。

手紙は態々ルイーダ国の文字が綴《つづ》られてる。美しい筆記体は上質紙の上を踊るようで、たとえこの文字が読めずとも美しい模様だと感心しただろう。内容は暫くの不在であることと、刻印式までには必ず帰るという旨。

「ご主人さま？　どしたんです？」

「……いえ」

「ギュっさんはお忙しいんですよ。何しろ王様の弟でいらっしゃいますしね。こういうこともあります」

ついて来てくれた猫騎士さんは、やや気落ちした様子の私を気遣ってくれる。

「えぇ、そうですね。約束も……別に、していなかったですものね」

相手は王族。それも王弟殿下であらせられる。私は伯爵令嬢の頃を思い返した。同格の貴族同士ですら、突然訪ねて行くようなことは無礼だった。お会いしたければそれなりの手順を踏むべき、というのは……今更だが当然のこと。

けれど私は、ギュスタヴィア様はいつだって、私が訪ねれば微笑みながら歓迎してくださると、そのように思い込んでいたらしい。思い違いというか、思い上がりも甚《はなは》だしい。

刻印式は２週間後に開かれる。

アーゲルド夫人はその期間の全てを使い、エルザードの礼儀作法を叩きこむと冷静な顔で宣言した。

お手柔らかに、とやや怯えた私に「幸い貴方は元が貴族の出。農夫の娘を鍛えるよりいくらかマシでしょう」と言ったのは、彼女なりの励ましだった、のだと思いたい。

式のための礼服の採寸、当日の注意点、起こりうるアクシデントや、妨害についての対策をアーゲルド夫人とロッシェさんは事細かに気を配ってくれた。

少なくとも、夫人やロッシェさん、それにリルさんは私に好意的だった。立場の違う三人がそれぞれの視点から私を支えようとしてくれていることが、私には新鮮で、そして嬉しかった。

卵に込める魔法についてだけは、私の考えを聞いた時「……マジで？」と、批判とも驚きとも取れる反応を返したが、最終的に「それっきゃねぇか」と納得してくれた。

そうして、あっという間に2週間が過ぎた。

「すっごくお綺麗です！　さすがお金がかかってるだけありますね!!　やっぱりお金……お金は全てを解決する……！」

迎えた刻印式当日。私に儀式の衣裳を着つけてくれたイルヤ子爵令嬢は、完成した姿を絶賛してくれた。どちらかと言えば「金にものを言わせれば誰だってここまで綺麗になれる。お金スゴイ」という感じだが。

「大変お似合いでございます、ご主人さま！　うぅ……このご主人さまの晴れ姿……某、一生忘れません！」

毛が付くので近付かないように、と、アーゲルド夫人にがっつりと抱き込まれているカラバも目をキラキラさせてイヴェッタを褒め称える。

「ありがとう」

纏う衣裳は純白一色。目を凝らせば、白の糸で植物を模した繊細な刺繍が施されているのが分かるが、遠目からはただ白い衣裳としか映らない。

顔以外肌の露出は一切なく、長いスカートは足元をすっぽりと覆い隠し、手には二の腕から装着する長いものが使われる。シンプルなデザインだが、下着を抜かしても重ねられた布の数は五枚。分厚さはなく一枚一枚が薄手のもので、通気性も良く暑さは感じなかった。

「通常であれば、刻印式はその娘の生家から馬車で宮殿まで向かいます。その間、婚約者候補となる娘は一言も口をきいてはなりません。当然ですが、日の光を浴びても……というのは、貴方の場合、飲食をしてはならない、ということになりますね」

遮光のための魔法が施されたヴェールを被り、光の届かないよう施された馬車の中で一人過ごしながら、王族の一員となるべく決意を固めるもの、と、アーゲルド夫人は最後の指導を行う。事前に聞いていることだが、再確認の意味もあった。

エルザードに生家のない私は、アーゲルド夫人が自身の屋敷を提供してくれて、夫人の屋敷

から王宮へ向かう。

「馬車は街中を回りゆっくりと宮殿へ向かいます。中の様子は見えずとも、国民たちは新しい王族になる者の馬車をひと目見ようと待っているのです。街中がお祭り騒ぎで、予定より到着が遅れることは珍しくありませんが、あまり心配されませんように」

この時点から口を開いては駄目、ということなので私は無言で頷く。ヴェールを被せてくれたアーゲルド夫人は、厳しい表情ばかり浮かべる彼女にしては珍しく、眉を寄せて目を伏せた。

「王弟殿下は未だお戻りになられていない。境界線の防衛を国王陛下より任され赴いたのでしょう。直ぐに戻れるとわたくしも考えていましたが、式には間に合わない可能性があります」

婚約者であるギュスタヴィア様が不在だとまずいのではないかと思うが、事前に聞いた話によると、全ての試練が終わるまで婚約者になる王族は婚約者候補と会わないものらしい。しかしギュスタヴィア様なら、そういう「決まりではないが、そういうものだ」という慣習を無視してしまうので、遠ざけられたのだ。

ギュスタヴィア様が出てくると、力で解決はするがそれはよろしくない、とその判断。だからロッシェさんが私に協力的なのだろう。ギュスタヴィア様を遠ざける代わりに、宮廷魔術師であり国王陛下の側近であるあの方が私をサポートしてくださる、と、それは暗黙の了解なのかもしれない。

しかしアーゲルド夫人はロッシェさんの有能さより、ギュスタヴィア様の暴力の万能さが、私の身の上には必要なのだと、そのように思われている部分があったよう。

婚約者候補には当然護衛が付くが、中身は「人間種」の私。そして「王弟の婚約者になる女」である。差別偏見、そしてギュスタヴィア様への憎悪を受ける塊を、ロッシェさんがどこまで守り切れるのかと、その不安が私にもないわけではないが。

「……イヴェッタ様」

私はぎゅっと、アーゲルド夫人の手を握った。話せたのなら、私はこう言っただろう。

『アーゲルド夫人の教えを受けた淑女が、他人の悪意に怯むことなどありません』

そう言えたら、夫人はその不安げな顔に微笑みを浮かべてくださるだろうか。そんなことを考えながら、私は馬車へ乗り込む。

イルヤ子爵令嬢が駆け寄ってきた。

「ご主人様ッ、いいですか!?　絶対、絶対に、無事に帰って来てくださいね!!　この前実家に帰ったら、あンのクソ親父……娘がいい所に就職できたからって……借金ッ、またッ、増やし……ッ!!」

「イルヤ子爵令嬢、今はそのようなことを話す場ではありませんよ」

「よくよく考えたら他の侍女の分まで仕事してるので！　その分の給料アップについて交渉さ

せてください！　お帰りになったら！　絶対に‼」

私の無事と儀式の成功を、ここまで必死に願ってくれる者もいないだろう。内容はアレだが。

アーゲルド夫人にずるずると引き摺られながら離れて行くイルヤ子爵令嬢に手を振る。

「では某も」

当然のように、カラバさんが馬車に乗り込んだ。

「あら？」

「アーゲルド殿の許可は頂いております。某、ご主人様の騎士でございますので！　毛が付かないように注意します！　きちんとブラッシングと、あと、お風呂も入ったので抜け毛は少ないと思います！」

「あら、まぁ、まぁ」

膝に乗せて頭を撫でてあげたいが、そうもいかない。カラバさんも分かっているようで、そわそわと三角のお耳を動かしながらも、きちんとお行儀よく向かいの席に座った。

馬車の扉は閉じられた。

馬車の中。

今度は窓のガラスに映る自分の顔を眺めることもない。

暗い闇の中で、私はゆっくりと息を吐いた。

◆◇◆◇◆

その日、エルザードの首都は普段以上に活気づいていた。大通りには色取り取りの花が飾られ、生花が手に入れられなかった場所には華やかな布で作った花が所かしこにつけられる。特別に許可された出店が、口々に王家や最愛王を讃えながら蜂蜜種や焼き菓子を売る。女子供は愛らしく、美しく晴れ着を纏い、男たちはそんな家族あるいは恋人、知人を愛し気に眺めた。

お祭り騒ぎのエルザード。祝えや祝え。いや、まだ、これで本当の「お祝い事」でないことは誰もが承知。

今回はただの「婚約者候補」、全員で3人いるらしいどこぞの貴族の姫君が、豪華絢爛な馬車に乗って街中を駆けて、王子様、いやいや、今回は、王弟殿下のおわす宮殿入りをなさる。

今日はどうして皆楽しそうなの?と、幼いエルフの子供たちに問われた大道芸人が、おどけた調子でそのように語った。

幼い世代、300年前より後に生まれた者たちは知らぬ、おぞましい恐るべき魔の王子の話。子どもへの躾で「言うことを聞かないと、ギュスタヴィア様の所へ連れていくと」などと言い聞かせた親が平民らの中にはいたけれど、血塗れ王子の真の恐ろしさを子に叩きこむような非情な者はいなかった。

それであるので、若い世代の者たちは、この300年間の「辛い時代」しか知らない。魔の者たちとの闘い。瘴気《しょうき》の溢れた、正気を失う狂った土地との境。境界線を守るエルフの戦士たちが、多く死に、敗れ、少しずつ境界線がズレてきている恐怖。かつては魔を屠《ほふ》った戦士が消え、国の戦力が落ち切って、それでも足掻き続けて出る犠牲は、平民の兵士たちの数が圧倒的に多かった。他種族を隷属させ最前線へ送り込んだりもしているけれど、それで飛躍的に何かが変わるわけもない。

国民たちは疲れていた。いつ境界線、その防衛が突破されて国を飲み込むのだろう。300年の恐怖で心が疲弊して、そんな中への、この、慶事。

王族とは巨大な戦力である。とりわけ、王弟ギュスタヴィア殿下。若い世代にはただ「最愛王の弟君」悪しき噂も聞くには聞くが、それでも、高い魔力と戦力に違いはない。

その方が、お妃様を迎えられる。貴族の姫君。3人の候補者。

これはめでたいことだ。これほど、喜ばしいことはない。

昨今の国の様子では、久しぶりの、国を挙げてのお祝い事。

浮かれる口実など久しぶり。誰もが戦場の犠牲を一時忘れて華やぐ。

今日はそんな日、めでたい日。

◆◇◆◇◆

特にアクシデントが起きるわけでもなく、私の乗った馬車は無事に宮殿へと辿り着いた。

そこから、神官、ではないだろうが、儀式に携わる祭司か何か。ゆったりとした恰好に白い髭の長い5人の高齢のエルフの方々に迎えられ儀式の行われる「大聖堂」へ。

大聖堂というのは人間種の信仰から来る「大聖堂」と同じではない。エルフの文化として、何か信仰的なものがあるとすれば先祖や祖霊に対してで、大聖堂という場所は長く生きた過去のエルフの方々の亡骸で建てられている。エルフ族は、ある一定の時間を生きると大樹となる一族だった。

祭壇に上がるのは私と、他に2人の女性。純白のヴェールで顔が隠されているためどんな姿か、髪の色さえ分からないけれど、朗々と祭司の語った名はそれぞれ公爵家のご令嬢。身分正しく、また品行方正な公女お2人の名が、そして最後に私の名が告げられた。

誰の名が上がっても、周囲の反応はない。この場では沈黙のみが誰もに求められ、口を開けるのは祭司のみらしい。

事前に聞いていた通りの進行。

刻印式。と、いうものは何も肌に焼きごてが当てられて、家畜のように印をつけるわけではない。左の手の甲に、一時的に王族の印が刻まれる。魔法によるもので、これが正式に王族の一員となった時、体の魔力と反応して一生消えない印となる、とかそんなもの。

「それでは、次に。守護精霊の卵を、それぞれに」

滞りなく、いっそ意外なほどなんの問題もなく式が一つ一つ、終わっていく。

と、思っていたのだけれど、やはり、なんというか。

「……」

左手に刻印を頂き、そして次に守護精霊を、とその順序。真紅の布に黄金の器に収められた卵が、恭しく、私と他2人の令嬢の前にそれぞれ運ばれてきて、私は呆れた。

「……」

私の前に奉げられた卵だけ、明らかに、ただの卵だった。

(なんの、茶番)

見れば、5人の祭司のうちの3人ほどが、こちらを見て小馬鹿にするような笑みを一瞬浮かべた。

◆◇◆◇◆

「どんな守護精霊が生まれるだろうか？」

刻印式の後は、無言を強いられることはなかった。ひそひそと、会場に集まった貴族のエルフたちの囁き。誰も彼もが、悪意や好奇心はあれど、人間種の娘が生み出す守護精霊の良し悪しに興味があった。

「おぉ、ブルノ公爵家のご令嬢は……なんと美しい、一角獣か」

「清らかな乙女であるご令嬢に相応しい守護精霊でございますね」

最初に卵を孵したのは、中央の令嬢だった。一歩前に進み出て、卵を掲げて歌う。歌に込めた魔術は卵へと伝わり、ぴしり、ぴしりと軋む音。の、後に淡い緑の光の粒が卵から溢れ出て美しい白い馬となった。緑の角を持つ深緑の瞳のユニコーン。精霊として格の高い存在に、貴族たちの間から称賛の声が次々と上がった。

次に歌い出したのは、左側にいる公女。一番背の低いエルフのご令嬢は、愛らしく鈴を転がすような声で歌い、ぴしぴしと、卵がひび割れた。現れたのは、夕陽色の頭を持つコマドリ。公女と同じように愛らしい声で鳴き、ぴよぴよと大聖堂を飛び回り、集まった者たちの口元を綻ばせた。

「コマドリといえば平和の証。心根の優しいご令嬢らしい守護精霊ですこと」

強力な力があるわけではないが、精神汚染や洗脳を無効化する、守りの使い手である種。王宮で生きるなら必要不可欠な力だと、貴族の女性たちが扇の内側で褒め称える。

「……あら？　あの人間種の娘」

「なんでしょう。一向に、歌い出さないどころか」

「卵を手にしたまま、動きませんね」

「怖気づいたのではありませんか」

「他の2人のご令嬢と、自分を今更ながらに比べて、恥ずかしくなったのでしょうね」

最後の1人。最も注目されている婚約者候補の娘。不動にして、口を開かない様子に、ざわめきが起きた。けれど、だからと言って、どうする者もいない。何かあったのか、などとは配慮しない。歌わなければ、卵が孵らなければずっとこのまま。エルフたちは気が長い。このまま1年2年だって、ずっとこうしていられる。

歌うのか、歌わないのか。

そのどちらかだとばかり思われて数分。

ぴしり、と卵が割れた。

「きゃぁっ……！」

人間種の娘は歌ってない。卵がひび割れて、そして、中から殻を付けたまま、むき出しになったモノを見て、一番近くにいたブルノ公爵令嬢が悲鳴を上げる。

「なんて、汚《けが》らわしいッ！」

すかさずブルノ公爵令嬢の守護精霊が彼女を守るように立ち、威嚇のために唸り声をあげ、人間種の娘を睨み付ける。鋭い角が向けられて、それでも人間種の娘は動かなかった。

「……わたくしが手に取って、すぐに、殻が破れるように。なんて、無駄な小細工を」

飽きれる人間種の娘の呟きは誰にも聞こえない。ただ、掌で、中途半端な歳月で無理矢理殻を破られた、未熟児はギィギィと不気味な声を上げた。

冷静に判じれば、ただの何かの鳥の未熟児。けれど他2人の公女が美しく愛らしい守護精霊を生み出した後には、この醜い肉と骨の塊はただただおぞましい存在を、人間種の娘が生み出したと、そのように周囲には映った。

「不吉な！」

「相応しからぬ者！」

「直ちにこの場から引きずり下ろせ！」

悲鳴や怒号の飛び交う中。

人間種の娘。イヴェッタ・シェイク・スピアは周囲の音の一切を無視して、ただじっと、自分の手の中で生まれて、そしてか細く死んでいく命を見守った。

生きるための器官が十分に作られていない。周囲の空気すら、重く毒として苛《さいな》まれ、苦しいと呻き鳴く雛《ひな》とも呼べぬ塊を、その叫びと呻きが終わるまで目を逸らさなかった。

そして痛みの僅かでも、苦しみの欠片一つでも薄れるようにと唇から洩れるのは子守歌。かつて幼い頃に母トルステが、眠る前に歌ってくれた優しい歌。

膜の張った目がじぃっとイヴェッタを見つめて、そして、動かなくなる。

「貴方は何も分からないから、誰も憎まず恨まなかったのね」

看取って、イヴェッタ・シェイク・スピアが呟いたのは小さな称賛。消えていった命が、他人の都合で手前勝手に消費され、無残に扱われた。

そのことに、イヴェッタ・シェイク・スピアは憤る。

「この子が許しても、わたくしは許しませんよ」

未熟な雛の亡骸を、イヴェッタは胸に抱いた。首元に、埋め込まれている赤い鱗に意識を集中させる。

さて。

ここで、なぜ守護精霊錬成には卵が必要だったのか。

それは、王族でない者は生まれ持って守護精霊がいないから、後天的に生み出すためエルフの魔術師たちが作り上げた「道具」が必要で、それが「卵」である、というだけ。

魔術師たちが卵に込めた何もかもを、「その場」で「現象」として発生させる魔法、あるいは魔術、はたまた……奇跡が、あれば、卵の必要はない。

例えば、比類なき性質をもつ王弟殿下の巨大な魔力が、例えば、本来は根から切り離され何も生み出せないはずの切り花の空の器に注がれ続け、例えば、神をも滅する性質を持った憤怒の竜の鱗が、例えば、切り花の憤怒の感情を受けて、一つの命の代償に。

神霊級の存在を、生み出すことも、あるだろう。

「……あら、まぁ」

淡い光、炎の渦が大聖堂の天井まで高く上がり、貫いた。

騒音。悲鳴。恐怖。

天井を貫き、高く飛び上がって現れた存在に、エルフたちは慄いた。

「貴方がわたくしの守護精霊なんですね。素敵だわ」

天井が崩れ落ち、燃え始める建物に、逃げまどう人々の阿鼻叫喚《あびきょうかん》など意にも介さず、イヴェッタは、自身から生まれた守護精霊に微笑みかけた。

煌めく銀の鱗に、金と菫色の左右色の違う瞳。少し大きな馬と同じくらいの大きさ。

けれど、その姿は間違いなく。

「いやいやいやいやいやいや!?　ちょ、ちょっと待っててって!!　それ、どっからどう見ても……竜じゃねぇか！！！！」

祭壇によじ登り、素早くイヴェッタを拘束しようとしたロッシェの叫び声。

「あら、いやだ。おかしなことをおっしゃるのね。竜になるのはわたくしで、この子は、わたくしの守護精霊。見れば分かるでしょう？」

コロコロと、喉を震わせて笑うイヴェッタ・シェイク・スピア。

腐った食事の提供や人を馬鹿にした態度。あれやこれやの嫌がらせをそれでも耐えてきた娘。

その上、自分以外の婚約者候補をしれっと刻印式に参加させられて。

ロッシェはそんなことを一言も、イヴェッタに説明はしなかった。そのことに対しても、イヴェッタは怒っている。

長いヴェールを剥ぎ取って、イヴェッタは逃げまどう祭司の一人に視線をやり、意図を汲んだ白銀の竜は翼を動かして素早く移動すると、祭司の体を咥えて高く飛び上がった。

「う、うあわぁあああ!!　止めてくれ!!　止めて、止めてください!!」

悲鳴と必死の懇願。

イヴェッタは微笑みかける。

「わたくしにしたことを、白状なさってください。事細かに、詳《つまび》らかにしてくださいね」

ただの暴挙。ただの傍若無人な振る舞い、と、そのように扱われるのも、それはそれで構わ

なかったが、しかし、イヴェッタはこの祭司がただの卵を使い、その命を利用したことを告白させたかった。

竜に噛み殺されるか、叩き落とされ骨が砕けて肉が飛び散るか。そのどちらかしかない状況で、イヴェッタの言葉は唯一の救いだった。

司祭はぺらぺらと、必死に叫ぶ。

「私はただ命じられただけだ！」

貴族に、当日使う卵の一つをただの卵にすり替えろと。そしてそれを、身の程知らずの人間種に渡すように、と。王家に人間種が入り込むなど、祭司としても許しがたいこと。協力するのは、正しい行いだったと、何の報酬も、脅しもなく、喜んで協力したと、そのように叫ぶ。

「わ、私は、間違ってなどいない！　このおぞましい存在が、まさにまさしくその証拠ではないか!!　お前のような者を、王族に迎えることは、断じて認められない!!　お前のような化け物が、王族の花嫁になるなど、そんなこと、決して、決して……!!」

正義の心に燃えている。祭司は、恐怖でいっぱいになった体を、王家への忠誠心と、正義感から奮い立たせて叫び続けた。

その真っ直ぐな罵倒を浴びて、イヴェッタはぱちり、と目を瞬かせる。

こんな時だが、思い返すのは……数カ月前の、ルイーダ国での罵倒。あの時も、王族の妻になる資格なしと、詰《なじ》られ罵倒されたものだが、あの時はまるで見当はずれな訴えで、ただただ困惑するばかりだったけれど。

「今度は、ちゃんと『謂われない理由』ではなくて、ちゃんと、わたくしの非が、正しく言及されていますね」

正しいことです。と、イヴェッタは神妙に頷いて、優し気な微笑みを祭司に向ける。

「それは今はどうでもよろしいのですよ。それより、心からの謝罪を。貴方が消費した命に、きちんと謝罪なさってください」

でないと落とすか、噛み砕かせますすと、宣言するイヴェッタを、さすがにもう看過できないと、ロッシェが腕を掴んで拘束する。

「なんで、大人しくできなかった!!」

「と、言いますと?」

「鱗の魔力を使って、卵を孵化させる案には乗った。だが、それであの姿の精霊が生まれる可能性はゼロだった!! あの姿が、お前が望まなきゃ、そうはならなかったはずだ!!」

怒鳴りつける宮廷魔術師の、質問はもっともだ。

「何が気に入らない！ 俺も、陛下も、お前とギュスタヴィアの願いを叶えるために必死になってやってるんだぞ！！？ これがどういうことか分かるか!! こっちの苦労も知らないで、何もかも台無しにする気か!!」

掴まれた腕の骨が、ミシリと軋んだ。害してやろうという気などないが、感情が力の加減を忘れるほど乱れている。激昂し、睨み付ける宮廷魔術師ロッシェの目に映るのは、他人の怒声も心からの怒りも、何もかも承知している賢い色を宿しながら、反抗せずにはいられない怒る女の顔だった。

ロッシェは息を呑む。

「あぁ……っ、くそっ!! 大馬鹿野郎!! ふざけるな!! ふざけるな!! そんな顔で、俺を見るな!!」

咄嗟に目を逸らす。怒鳴って、自分の唇を噛み、拳を握って、自分の頭を殴りつける。

女神の矢を弾き落とした時から抱いていた感情。破滅願望など冗談じゃない。国を守り、王を支え。なんだったら、脅威となる者をことごとく排除してきたロッシェ・ブーゲリア公。

泣き暮らす女の顔。母親殺しと罵られ、追いやられる子どもの背。

世の中の、正しい流れを、それ、そのように、万事滞りなく、流さなければ、ならない責務。

理論や理性を承知で、道理や世に望まれる茶番を理解した上で、何もかもを土足でズカズカと踏み付けてぐちゃぐちゃにできれば、どんなにいいか。

「お似合いだ……! まさにまさしく、お前のような女こそ、あのギュスタヴィアにお似合いいだ!!　二人仲よく、世界を滅ぼしちまえよ！　馬鹿やろう!!」

◆◇◆◇◆

エルザードから遠く離れた〝境界線〟。

「……化け物か？　貴様」

返り血一つ浴びず、境界線防衛第637地点に蔓延る魔の者どもをことごとく屠り、奪還を果たしたギュスタヴィア。その銀髪の王族を迎えた騎士団長ハインツの言葉は、これまで幾度も浴びせられたものであった。しかし、ギュスタヴィアが足を止め、その無礼な単語で自身を称した男に顔を向けたのは、その単語本来の意味とは裏腹に、ハインツの声音には明らかな「呆れ」の色が含まれていたからだ。

「何か問題があるのか？」

「……貴様にとっては、大したことではないのだろうな。50年前この地点が奪われてから、どれほど犠牲が出たか、奪い返すまでに何人のエルフが死んだだか」

「……」

「あぁ、おい。待て。待たんか。貴様。小言じゃないぞ。……礼を、言う」

礼を言われている気がしない。ギュスタヴィアが先を行こうとすると、ハインツが溜息を吐いた。再会した時から闘技場でボコボコにするまで、ギュスタヴィアに敵意に満ちた目をしていたエルフの騎士。ギュスタヴィアが王の命により、この地に降りた時も嫌な顔をした。

「お前は私が嫌いなのだろう」

「……そういうところだぞ。いや……そういう、ところですよ。王弟殿下」

ハインツの咳払い。他に誰か聞いている、わけでもないのに言葉遣いと、そして姿勢を正す。

「忠告です。貴方にとって、これはさした労力や問題ではないのでしょう。けれど、我々、貴方にとって取るに足らない者にとって、これは……偉業です。貴方は、この貴方にとって些細な行動が他人にはどのような価値があるのか理解し、利用した方がよろしいのではないでしょうか。あなたを利用しようとする者は『そんなに簡単なのだから』と、貴方に無償で、同じことを行わせようとするでしょう」

ギュスタヴィアより少し前にこの戦場へ戻ってきたハインツ。歳は400歳と少し。王族と異なり貴族の寿命は1000年程。平民はその半分の500年ほど。

「……お前が、この状況を喜ばないのは、私が嫌いだからではないのか？」

黄金の瞳を持つ尊い身分のエルフは、長い間黙っていた。ハインツの言葉の意味を考えた上で、浮かぶ疑問にきょとん、と小首を傾げる。

「……私が貴方の不在の間、騎士団を率いてここを〝守れている〟と自信をつけ、貴方に挑んだことをご理解いただけていたのですね」

「……」

「ここであっさり貴方が、私の長年の苦労をなんでもないように取り払ったので、それを私が不快に思うと？」

「……違うのか？」

「私への嫌がらせで、ここをあっさり取り返したのですか？」

ギュスタヴィアは首を振った。

「お前は私が嫌いだから、私が余計なことをしたと怒るだろうと分かっていた。だが、私が不在の間、奪われた土地は多くある。それらを早く取り戻せば、私は『良い王弟』になって、私に感謝する者が出るかもしれない」

ハインツは、この美しい王族が自身の所有する財の半分を兄である最愛王に譲り渡したという話を聞いていた。

この男、価値観が違う、いや、おかしい、のだ。

王へ、貴族の者たちへ。ある種の威嚇や牽制はしていると聞く。けれど、けれど、その威力が、あまりに弱い。おとぎ話になるほどの「おぞましさ」というのが無く。

（痛みには慣れる。熱さも次第に忘れる。恐怖も遠のけば薄れる。思い返しはするが、そこへ『こんな程度だったのか』『過去の恐怖は誇張されていた』と、そのように。上塗りされていく）

ハインツは、はっとしてギュスタヴィアを見つめた。

（良いことをすれば『好かれる』と。相手にとって良いものをたくさん差し出せば『好かれる』と）

（酷いことをするから『嫌われる』。他と違うから『嫌われる』。嫌われたら、その後何をしたって『嫌がられる』）

（資源の山も自らの力も血も何もかも、そんなものはいくらでも差し出して構わない）

成人した貴族社会に生きた〝大人〟なら。自分の持つもの、他人へ与える影響力を交渉の手段とする。

そもそも、他人から「奪われる」ことをさせない。必ず、同等あるいはそれ以上のものを引き出そうとする。この魔の区域を、こんなにあっさり奪還する必要など、噂に聞く通りの傍若無人の男なら、そんな必要などなかったのだ。

白分に有利に運ぶように。普通は、するだろうに。

欲しいものを得るために、いくら支払えばいいか分からず、有り金全てを使って、それでも足りないのかと不安になって、服も靴も何もかも差し出すような愚かな振る舞い。

そうなれば、奪う側は、与えられる側は、もっともっとと、要求する。足りない。足りない。価値を知らないのか。もっともっと差し出せと、まだ足りないと。お前のような者の願いを叶えるのだから、差し出せと、そのように、要求するだけではないか。

（本当に、こんな、こんなに、未熟な心の者が、国中で恐れられた呪われた王子だったのか？）

そんな疑問が、ハインツに浮かぶ。

振る舞いや力の比類なさは身をもって知っている。けれど、こうして戦場に佇《たたず》みただ剣だけを持っていて、他に自分が必要な物は何もないと、そのように思っているような横顔の男。

ハインツは嫌なことを、思い浮かべてしまった。

「良いことをして好かれよう」と、しているのは、昔からだとしたら。

価値観が、昔から、他人に言われるまま自分の力を、ただ「そうすれば喜ぶ」と、そう、言われて振る舞ってきたのなら。

（そもそも、なぜこれほどの力を持つ者が、あっさりと３００年前に、封じられたというのだ）

◆◇◆◇◆

自暴自棄になったように叫ぶロッシェさんを眺めながら、私は白い竜の頭を撫でた。おとぎ話の挿絵や古い図鑑で見た竜の姿と、それは大分異なった。長細い体に翼や手足が付いたような。トカゲというより蛇のような。シュルシュルと私の体にまとわりついて、甘えるように喉を鳴らす姿は愛らしい。

「ご、ご主人さま〜！」

「カラバさん」

「はい！　ご主人様の第一の騎士、カラバでございます！　ので……それは、後輩！」

ぴしっと、カラバは私の体に巻き付く精霊に前脚を向ける。

「某が先輩でございますよ！　新人殿！」

純白の竜はちらり、とカラバを見て、無視するように目を閉じた。

「そ、某の立場がー!!」

「まぁまぁ、先輩風を吹かせるなんてカラバらしくないわ。貴方の良いところは誰とでも仲良くできるところだから、いつも通りにしていれば上手くやれると思いますよ」

騎士のしっかりした上下関係に憧れたのだろうか。そう言えばカラバは末っ子扱いというか、やはり小さな猫なので、こう、頼もしさには欠けていた。当人（猫）、初めて自分より幼い（?）存在が出てきたので兄貴分にでもなりたかったのかもしれない。

「ううう……確かに、あんまりよろしくない態度だったかもしれませせぬ。蛇殿、申し訳なか……鼻を噛まれたのでございますがー!!」

蛇というのが良くなかったんじゃないか。

カラバが友好的に、猫のご挨拶鼻チュンをしようとしたところ、純白の竜はがぶり、とカラバの可愛いお鼻を噛んだ。

と、いつまでも微笑ましい光景を見ていたいが、そうもいかない。

私は大広間で最も位の高い者が座る場所に顔を向ける。

「お会いするのは、初めてかどうか分かりませんが……初めてご挨拶させて頂きます。エルザードの国王陛下、ルカ・レナージュ様」

純白の竜の出現にエルフの貴族たちは逃げ出した。真っ先に逃げ出さなければならないはずの国王陛下は未だ2階部分の奥まった場所にいらっしゃる。元々いただろう席から立ち上がり、手すりに手を掛けて私を見下ろす顔は、全くギュスタヴィア様に似ていらっしゃらない。

「……なぜ我々の慈悲を拒む?」

「申し訳ありませんが、わたくしの耳はエルフの方がたより短いのでお声がよく聞こえません」

降りてこい、と言外に告げるとレナージュ陛下の側にいた騎士たちが剣を抜いた。無礼な物言い。ロッシェさんが私の腕を掴んだ。

「おい!」

「国王レナージュ様。こんな状況ですけれど、だからこそ、話し合いは必要じゃありませんか？」

掴まれた腕をそのままに私は国王陛下に顔を向けたままにこにこと微笑み続ける。

「……話し合い？」

「わたくしを見下ろしたままがよろしいというのであれば、そのように。――えぇ、話し合いです。必要でしょう？　いい加減、止めて頂きたいのよ。わたくしに対する嫌がらせ」

は？　と、ロッシェさんから間の抜けた声が上がった。

嫌がらせ、と言ってから、私は「あ」と口元を抑える。いつかのことを思い出した。

「嫌がらせ、だなんて言葉でごまかしてはいけませんね。毒殺未遂に、妨害行為、侮辱罪。わたくしの身の回りのことを調べ上げて報告させるのは人権侵害に当たると思いますが……わたくしも貴族の生まれですもの。その辺りに関しましては、理解を示します」

えぇ、その程度のことは仕方のないことですわ、と、微笑み軽く頷く。劣化でしょうか。ぴしり、と何かの軋む音がした。陛下の触れている手すりが少し変形していらっしゃる。

ギュスタヴィア様の口ぶりから、国王陛下はこちら側。わたくしとギュスタヴィア様の味方をしてくださっていて、頼っていい方だと、そのような思い込みをしていた。

ブルノ公爵や、年頃のお嬢様のいらっしゃる貴族の方々、それに司祭様たちの一部が自分たちの私利私欲あるいは正義感から、一々ご丁寧に喧嘩を売ってきてくださっているのだと考えていたけれど。

「国王陛下が、何もかも把握されていない、とは思えませんもの」

「貴族たちの暴走とは思わぬのか？　人間種の国とて、王が絶対的な力を持っているわけではなかろう。王といえど抑えられぬものがあるゆえとは思わぬのか」

「腐った料理一つにしても、わたくしに対してあまりにも無礼ではありませんか？」

「たかが料理ごときなんだというのだ」

器が小さい。それで王弟の妃になろうというのかと、そのような呆れ。

「それです」

私は指を差した。あまりにも無作法な仕草だが、この状況で振る舞うには最も相応しい。

「今もほら。わたくしに対して、その態度を貫いていらっしゃる。わたくし……わりとこう、虐げられる状況や、見下されることには慣れているので、あまり気にならないのですけれど。でも、考えたら、あまりにも不自然です」

自分で言うのもなんだが、私はギュスタヴィア様に執着されている女だ。

エルフの方々が、国王陛下が、心からギュスタヴィア様を恐れているのなら、なぜギュスタヴィア様が「大切に」するだろう私に対して、ここまでずさんな対応なのだ？

先ほどの卵の件。すり替えたのは国王の指示だろう。直接ではなく、その間に何人もの貴族が関わり辿れてもどこぞの公爵に罪を擦り付けられるようになっていそうだが。

「なぜ自分が尊重されると？　ギュスタヴィアの寵愛さえなければ無価値な人間種ごときが」

「ロッシェさんはそうしてくださっていました。私に対して礼儀正しく振る舞って、助けようとしてくださいました。ギュスタヴィア様の反感を買うことを考慮し、当然の行動だと思います」

「いや、ちょっと待て！　俺を引き合いに出すな！　――何を言ってるんだ。おい、何を、言い出してるんだ……!?　当たり前のことだろう！！？」

そこでやっとロッシェさんは私の腕を掴んだ。痕になるほど強く掴まれ、私は腕を擦る。

「陛下……待て。おい、待ってくれ。なんなんだ!?　この話し合いは、なんだ!?　何を言ってるんだ!?」

「ギュスタヴィア様に嫌がらせがしたくて、わたくしのこと、いびってたんですよ」

「はぁ!?」

単純な話だ。私はギュスタヴィア様から魔力をいただかないと死ぬ。そしてギュスタヴィア様の側にいるにはこの国で受け入れられる必要があり、差別される対象の人間種がただいるのは難しい。それで妃にという思考なのだろうと思うが。

私は何をされても「我慢」しなければならない立場なのだ。

晩餐会でのこと。私は誰の処罰も求めなかった。私が望んだのでギュスタヴィア様もその通りにしてくださった。

「ギュスタヴィア様は……ご自分の凶暴性を、唯一抑えられるのが私だと印象付けて、私の〝価値〟を作ろうとしてくださいました。そして、ロッシェさんはその考えを汲んで行動してくださっています」

「……そりゃ、そうだろう。そうするのが、一番良い。あの王弟を制御できるなら、それが」

訳が分からない、と頭を乱暴にかき乱すロッシェさん。

「つまりあんたが、こんなに風に暴れたのは陛下があんたに対して誠実でなかったからか？」

「わたくしの人権をまるっとシカトしてくれやがりましたことは、許します」

「根に持ってるだろ」

「わたくしは根から切り離された存在ですので……根などありませんが？」

しれっと言うと、ロッシェさんは嫌そうに顔を顰めた。

その間もじっと、陛下は黙っている。私が何を言おうと、構わないのだ。

「やめていただけますか。ギュスタヴィア様のことを苦しめるの」

私はもっと早く、この言葉を彼に言わなければならなかったのだ。

自分のことばかり考えて、ギュスタヴィア様のことを、少しも考えていなかった。

あの遺跡で300年、眠り続けたギュスタヴィア様。私は少ない言葉を交わした中で、あの方が兄君を深く愛して、求めていたことを、遺跡で過ごした短い時間で気付いたではないか。

ギュスタヴィア様は怒らない。

残酷で冷酷で非情に非道の限りを尽くした暴君だなんだのと言われているけれど。実際に私は、あの方が自分の不快感から他人を虐げた姿を見ていない。いつだって、あの方が何かしたのは私のためだった。

……300年前も、同様だったら？　全て、兄君のためにしたことだったら？

「あらあらあら、あら、あら。まぁまぁまぁ。何かしら？　まぁ、何かしら？　素敵ねぇ。とおっても、綺麗な生き物がいるのね。あら、まぁ。珍しい」

睨み合う私たちの間に、のんびりとした女性の声が割って入った。

春の風のように優し気な、女性というより少女の甘い声。

ばっ、と、ロッシェさんが膝を突いた。

「ごきげんよう」

現れたのは真紅のドレスに、長い薄紅色の髪の女性。真っ赤な瞳に真っ白い肌。エルフ族の特徴である長い耳を持っている、美しい女性。引きずるほどに長い髪はいくつかの束になり、毛先を蝶たちが細い糸で吊っていた。

微笑まれ、エルフの貴族の挨拶を受ける。私もお辞儀を返し、ぐいっと、首を掴まれた。

「あら、切り花じゃない。どうしてこんなところにいるの？」

現れたのは小柄な女性。血のように赤い唇に笑みの形を取らせ、目は夢見る乙女のように輝いている。女性というより、人間で言えば私と同じ年くらいの外見だけれど、長い耳の種族の外見が私の常識通りなわけがない。

気付けば、この場にいる全てのエルフたちが膝を突き頭を垂れている。

「……まぁ、可愛らしいこと！　ヴィーが自慢するのも分かるわ。黒い髪に紫水晶と同じ瞳。とても綺麗ねぇ」

私の首から手を放し、赤い瞳のエルフの女性は微笑む。

破壊した瓦礫や、大勢が避難し閑散とした、一種廃墟のような雰囲気の大広間で美しく舞う夢のように美しい女性。

ちらり、と跪くロッシェさんに視線をやれば微動だにしない。少しでも動けば自分の首が即座に落ちると恐れているような緊張感。

「あぁ。私ったら。失礼しましたね。ご挨拶が遅れました。私《わたくし》、ウラドと申します。ウラド・エンド・スフォルツァ」

「スフォルツァ大公夫人でいらっしゃいましたか」

エルフの貴族の中で最も高位。スフォルツァ家、その大公夫人？

私が驚くと、彼女はころころと喉を震わせて笑った。

「これを言ったらもっと驚いてくれるかしら？　大公夫人じゃないわ。私がスフォルツァです。でも、人間種の国では女が家を継ぐのは無理なのでしょう？　文化が違う中での間違いは無礼ではないわ」

大公閣下のおっしゃる通り、私は先ほどよりずっと驚いた。

謝罪し頭を下げる私に大公閣下は優し気に言い、膝を突こうとした私の手を取る。

「あなた、良いわね。素敵ね。私、人間種が好きなの。変わり者って、皆は言うけれど、人間種は素敵でしょう？　色んなものを、あっという間に作るし、考えるじゃない？　とっても素敵ね。ずっと見ていたいって、思っているのよ」

「……」

「だからこの場に呼ばれたの。そこの宮廷魔術師がね、貴族の試練の手助けをって。私が認めたら誰も文句は言えないものね？　貴方を「認めます」と一言言えばいいって、そう言われて来たのよ」

……人間に対して差別意識や劣等種であるという偏見を持っていない大公閣下の言葉は、私にはただただ意外だった。感じた異質さはこのことだろうか？　確かにエルフの中では異端だ。

「ギュスタヴィアのこともね。見直したのよ。人間種の娘を見初めるなんて、素晴らしいことだわ。私も少し前に、人間種の方と暮らしていたの。５００年くらい前かしら？　あの頃はこの国にも人間種が大勢いて……一緒に暮らすのはそれほど珍しくなかったけど、今は違うから。またあの頃のように、たくさんの人間種がエルザードで暮らすようになってくれるかもしれないわね」

友好的で、優しい物言い。こちらに協力してくれると全面に出してくれる好意的な感情。エルフと人間が共存していた時代が、あった？

……あった、だろうか？

私の中に浮かぶ違和感。けれど、大公閣下は嘘を言っているようには聞こえない。

それに５００年前と言えば、エルフの文化としてはそれほど過去ではなく、確かに食事の礼儀作法や、建物の作り、エルフの文化の中に人間種のそれと共通する部分が多く見られたのは確かだ。どちらのものをどちらが参考にしたのかは不明だが。

「大公閣下……それでは、わたくしに協力してくださる、ということでしょうか？」

「そんな堅苦しい呼び方はしないで。ウラドと呼んで？　――えぇ、そのつもりで来たのだけれど……あなたを好きになったから、止めます」

「……はい？」

にっこりと、大公閣下……ウラドさんは私の言葉を否定する。

「……あの、私が何か、してしまったのでしょうか？」

「あなた、とっても素敵ね。可愛いし、珍しいわ。切り花なんでしょう？　それを抜きにしても、良いわ。あなたがとっても気に入ったから、止めます」

「……どうすれば、協力してくださいますか？」

「嫌よ？　しないわ。そう決めたの。ねぇ、もっとおしゃべりしたいわ。私の屋敷に来てちょうだい。たくさん、マイエルの作品もあるのよ。本当はこっそり人間種のお針子を雇いたいのだけど、すぐに死んでしまうから駄目なのよね」

私の当惑に一切構わず、ウラドさんは喜々として話を進める。

「あ、あの！」

掴んでくる手を振り払い、私は頭を振った。

「困ります。それは……困ります。私は、ギュスタヴィアの妻になるために、ここにいるのです。どうか、助けていただけませんか！」

きょとん、と一瞬小首を傾げてから、ウラドさんは目を細める。

「可愛い子。助けてあげたいって、思っているのよ」

「だったら、」

「だから、止めたの。助けたいからよ。あなたはあの化け物に関わるべきじゃない」

「ギュスタヴィア様は、化け物ではありません」

「えぇ、そうね。人間種のおとぎ話には、運命の乙女が怪物を人間の王子様に戻す、なんてものもあるわよね。素敵ね。私も、それが見られたらとっても嬉しい」

だけど、とウラドさんは一度言葉を区切った。

「あなた、別にギュスタヴィアに恋してるわけじゃないでしょう？」

おとぎ話の怪物が王子様に戻れたのは、乙女が怪物に恋をしたから。

「可哀想な子。ただ宮廷魔術師に依頼された時は「それでもいいか」と思って協力しようと思った。けれど、あなたが好きだから、あんな怪物に、恋もしていないのに関わらせるのは、むごいわ」

そう、ウラドさんは同情するように言って、私の首元の鱗に触れた。

「あなたを愛し大切に考えてくれている人は多くいる。そんな人たちを悲しませたい？　あなたはあなたを愛してくれている人たちのためにも、もっと自分を大切にするべきだわ」

ギュスタヴィアは〝貴方〟を愛してるわけじゃないでしょ、とそう、私が理解していることを確認する意味で、ウラドさんは問うた。

「あなたを見れば分かるわ。きっとあなたは近しい人皆から、大切にされてきたのね。愛されながら育まれてきたから、あなたは他人の悪意や不幸について、共感や同調することがない。でも、そんなことは今はどうでもいいわね？」

初対面の方が、私について評価する。ウラドさんは優しく微笑み、親しい友人のような親切な口調で私の内面に話しかける。

「可哀想な子。あなたが心配だわ。ギュスタヴィアにいいように利用されているのよ？」

「利用、ですか」

それは、私の方ではないか。

指摘に首を振り、私は自分の首元にある鱗に触れた。私を生かすためにあの方が支払い続けている何もかもに対して、私が報いられることなど僅かしかない。

「私の方がよほど、あの方を必要としていて、ご迷惑をおかけしているのです」

「それは勘違いよ。ギュスタヴィアがそう思わせているだけよ。あぁ、可哀想に、すっかり、騙されてしまっているのね。でも、仕方ないわ。あなたの優しさや純粋さはあなたの罪ではないものね」

ぎゅっと、ウラドさんは私の手を掴み、握りしめた。冷たい手だ。公式の場に出る女性は、薄い手袋を着用しているもの。けれどウラドさんは素肌のままで、長く伸びた爪は美しい色をしていた。その手は氷のように冷たい。反射的に手を引っ込めそうになった。が、強く掴まれていてびくりともしない。

「可哀想。こんなに追い詰められたのね？　もうこれしかないと、雁字搦めにされたのね？」

同情的、好意的。私の何もかもを承知で、私が知らないこともたくさん知っているだろうエルフの大貴族の女性。気遣う視線に労わる声音。

……だけれど、私の手を掴む指先の冷たさ。

私はギュスタヴィア様のことを思い出していた。あの方の体温も低い。触れれば冷たさに驚いたことが何度かあって、それに気付いたあの方は、私に触れる時に、自分の温度が私を驚かせないように、一度ご自分の首や手首を握ってから、私に触れる。

突然現れて、優しい言葉をただ連ねる美しい女性。手を差し伸べて、何もかも解決させましょうと提案してくるその赤い唇。

「確かに、わたくしはギュスタヴィア様に恋を……お慕いしているわけではありません」

手を掴まれたまま、肯定の言葉を吐くとウラドさんがぱぁっと顔を輝かせた。

「えぇ、そうでしょう？　よかった。そんなことないって言われたら、私どうしようって思っていたの。ねぇ、私にだけそっと教えてちょうだいな。あなたは他に恋している方がいるんでしょう？　いるわよね？」

「……そうですね」

「あぁ、やっぱり！　待って、当ててみるわ。言わないで！　そうね、王子様じゃない？　貴族の若い女の子なら皆そうだもの。王子様ね？　王太子殿下じゃなくて、玉座に関係のない、第三王子くらいじゃない？」

「アロフヴィーナ様が、そのようにお話しされていたのですね」

喜々と声を弾ませるウラドさんの表情が、ぴたり、と凍り付いた。

ルイーダ国で、私にエルフの友人知人はいない。ルイーダ国自体にエルフ族との交流はなく、あの国は国政として他国の者をその種族に関係なしに、入国を厳しく制限している国だった。

その代わり出ることは簡単だったけれど。

私についてご存知。切り花としての私ではなく、私個人。ヴィーというのは、美の女神アロフヴィーナ様。カラバの兄弟猫さんの言葉を信じれば、私の前任の後見という女神。私について誰よりもご存知の方がいるとしたら、見守り続けてきたというあの女神しかいないだろう。

「大公閣下。お礼申し上げます。閣下のおかげで、アロフヴィーナ様が何を望まれていらっしゃったのか、少し理解することができました」

敵対するはずのエルフとなぜ女神が？　そんな疑問は浮かぶが、それよりも。

「なぜ、それほどわたくしとギュスタヴィア様を引き離そうとされるのです？」

「なぜって、さっきからずっと言っているわ？　あなたが可哀想だからよ。あんな化け物に関わるのは良くないわ」

「あなたほどの方が、なぜギュスタヴィア様を化け物と？」

言外に、私からすればあなたの方がよほど化け物性があると告げる。

……そもそも、あの方について、私がどれだけ直接的に知っていたのだろうか？

最初は名前から、文献に残された恐ろしいエルフの王族だという先入観。実際に交わした言葉や行動から非情さに、冷酷さ？　しかし、本当にそうだっただろうか？

私はあの方が、兄君に愛されたかったことを知っている。なぜあの方が、他とは違う「異質な存在」で、他と共存できない厄災の化身だと。ただ、違和感が付きまとっている。

寒気がするほどの美貌。巨大な力。

当人の言動も、決して「尋常」ではない。傲慢で尊大だと、自分以外の何もかもをごみくず以下にしか思っていないような、いや、やはり、違和感。

仮面を被ってはいらっしゃるだろう。私に対して、周囲に対して、微笑み礼儀正しい言葉を使い洗練された仕草。それはあの方の仮面だと、当人がそうはっきりと分かるように示してすらいる。

だから、その仮面の微笑みを見た誰もがその下にあるのは残虐な暴君なのだと、嫌悪する。

……違和感。

「貴方がギュスタヴィアを取ってしまうと、困るのよ」

思考に沈む私に、ウラドさんの声がかかる。

「……困る？」

「えぇ、そう。ギュスタヴィアはね、レナージュのために生まれたの。素敵でしょう？」

「……大公閣下、あなた、まさか」

エルフの文化で生まれた服飾ではなく、自分が気に入ったドレスをどんな場であっても纏う女性。服装というのは個人の主義主張だけではなく、相手や場に対しての敬意を示すもの。それを自分の嗜好という一点で、自由奔放にする女性。

「助けてあげたのよ。可哀想だったから。臆病で無力な甥っ子と、力はあるのに誰からも笑いかけてもらえない鬼の子。美しい物語じゃなくて？　ほら、なんだったかしら。人間種の東の方の国にある、おとぎ話ね。私とっても感銘を受けたの。誰からも愛されないといけない青の王子を赤い王子が助けるの」

その話なら、私も知っている。古い昔話だ。故郷を離れた2人の王子が、新しく国を作ろうと、村や街を回るのだけれど、彼らは王子を受け入れない。悲しむ赤い王子に、青い王子は『連中の言うように、自分が街や村で暴れよう。お前は俺を倒して、英雄になれ』と持ちかけた。

結果、赤の王子は人々から受け入れられて、感謝され、愛された。青の王子は化け物、悪魔、怪物、鬼と、呼び方はなんでもいいのだけれど、嫌悪と悪意と憎悪の対象として追いやられる。

「青の王子がどうして赤の王子を助けたか、私ずっと考えていたの。だって、私なら、自分が好かれる役になるように、赤の王子を誘導するもの。普通はそうでしょう？　誰だって、そうじゃない？」

「青の王子は、赤の王子を愛していたからでしょう」

「えぇ、そうよ！　私もそう思ったの！」

ウラドさんは微笑んだ。同じ解釈を持つ者がいると、嬉しいという純粋さ。

「だから、ギュスタヴィアにこの話をしました。赤の王子は、自分のために青の王子が人々に嫌われ憎まれたことを知って悲しんだと。仲良くしてくれるようになった人々を愛するよりずっと強い感情を、いなくなった青の王子に抱きました、って。だから、ね？　分かるでしょう？　困るの、ギュスタヴィアは貴方のものじゃないわ」

……悪魔とは、この女性のような姿をしているのではないだろうか？

最初の方でおっしゃっていた、私の味方をするために来た。人間種を選んだギュスタヴィア様を褒めたいうんぬんの何もかも、本心だとはもう思えない。

自分の好きなドレスを纏い、自分の好きな物を見たがる女性。

何もかもを、自分の前で演じられるお芝居か何かのように感じて、観客に徹するだけでなく、台本や配役に口出しをするのを、躊躇《ためら》わない。

……ギュスタヴィア様が、傍若無人に振る舞って、私を「そんな自分を抑えられる存在」にしようとしたのは、この前例があるからだ。

これなら、私がエルフの国に受け入れられる。これなら、今度こそ、自分が感謝されるかもしれないと。

愛を。

私が家族から愛されてきたという確信があることを、かつてギュスタヴィア様は嗤った。目に見えないものをなぜ信じられる、と。

理由や価値や、それを齎す行動を示したのに、結果封じられ後の記録に魔王とまで残されたご自分を、顧みて。

今もただ、兄君に憎まれ続けているあの方が、今度こそと、求めたのが私だった。

「……精霊よ!!」

私は唇を噛み、ぐいっと顔を上げた。白銀の守護精霊を呼び、応えた精霊が咆哮を上げる。

攻撃する気かと、ウラドさんが私から手を放し、数歩後退した。髪を持っていた蝶の数羽が前に出て点と点が結ばれ、線となり面になった。防御魔術のような盾。

「一応、言っておくけれど。あなたの守護精霊より、私の方がずっと強くてよ？」

「私に剣を！」

「……あら？」

ウラドさんを無視し、私が続けて叫んだのは精霊への攻撃指示ではない。

白銀の竜の姿をした精霊は空に高く吠えるように首を伸ばし、光に包まれその姿を細い剣に変えた。柄は華やかな曲線を描き、重さをほとんど感じない。

手に取って、踏み出しウラドさんの盾に向かう。貫くことはできず、溜息が聞こえた。

「何かしら、酷いわ。どうして、暴力を振るうの？　そんなに野蛮だなんて、悲しい。理解できないのなら、話し合いをしましょうよ？」

「まず殴りたいんです。まずあなたを叩きのめしたいんです」

「そう。でも、無理ねぇ」

四方八方から斬り付けてもウラドさんの盾の方が早い。蝶は花の周りを舞うように動き、私の攻撃を防いだ。

「暴力は何も解決しないのよ？　武力は賢く使わないと。もっとも、その剣は、私を傷付けることはできないわ。あなた、私が何者かも分かっていないものね？」

自分が絶対的強者であることを確信しきった声。優越。弱者へかける憐憫《れんびん》に慣れたご様子の佳人は、悠々と私を見下し蝶を私に差し向ける。爆発。衝撃。

「……っ」

至近距離での爆発。爆《は》ぜた蝶は残骸すら残らない。防御だけでなく、攻撃の手段も持っているのか。

咄嗟に回避したと思ったが、左耳が聞こえなくなった。熱。ボタボタと、肩に流れる血。左目は無事だが、チカチカと火花のようなものが見える。

「大丈夫よ、心配しないで。死なせたりしないわ。私詳しいのよ？　人間種が、どのくらいで死んじゃうのか。よく知っているの」

５００年前のエルザードの歴史はよく知らないが……人間の世界での、歴史。５００年前は、人狩り、神隠し、行方不明者が多かった記録に覚えがある。

ガンガンと頭の中に警告音。目の前のエルフに関わるべきじゃない。なぜ剣を構えたのか。どうしてこんなことをしているのか。

(怒って、いるのよ。私)

あの方は、きっとこれまで、この国に怒ったことなどなかったのだ。

恐れられるように、憎まれるように、振る舞った。自分がそうすれば、自分を制御できる者の価値が高まるから。

周囲の理解や愛情が自分には得られないと理解した時、世界はどんな色に見えるのだろう。そこから見る景色はどんなものなのだろう。仕方ないと諦めて。それでも、それなら、ただ一人と、求めた心は、化け物なのか。

分かりやすい礼儀正しい青年の仮面。それが仮面だと周囲が認識すれば「ならその下にあるのが本性だろう」とそのように思う。

……仮面の下にすら、仮面を被るなど、誰が考える？

「剣よ……ッ！」

この国がギュスタヴィア様にしたこと。兄王がギュスタヴィア様にしていること、何もかも、あの方は許すのだろう。

どうして、どうして、私は、それを今の今まで、気付かなかったのだ。ウラドさんに会うまで、どうして、気付けなかったのだ。自分が異質だと突き付けられて、そうだと飲み込み、仕方ないと、仮面を被る苦しみを、私はよく知っていたじゃないか。

右手で剣を握り、私は自分の左の掌を傷付ける。

「憤怒の鱗から生まれた剣よ！　私の血を!!　何もかも燃やすまで許せぬ私の血を受けろ！」

刀身に私の血が流れる。切っ先まで滴った血を受けた剣は、赤く光った。

「あら、いやだ。それ、神殺しじゃない」

蝶の盾ごと、私の剣はウラドさんを貫いた。

ごほり、と青い血を吐きながら呟くスフォルツァ大公は一歩後ろに退き、自分の体に突き刺さる刀身を掴んだ。

「折れないことはないけど、折ったらあなた、死んでしまうものね。それはしないわ。でも、痛いから、ちょっと——殴るわね？」

俯いていたウラドさんが顔を上げ、白い手が拳を握った。私の目が追えたのは、その拳が自分に近付いてくる間際の瞬間だけだった。

ぐしゃり、と、潰れる音。飛ぶ意識。

◆◇◆◇◆

「どうして俺に、何一つ相談してくれなかったッ」

ダンッ、とロッシェは二人きりになった部屋でルカ・レナージュを壁に押し付けた。掴んだ胸倉、ずるりと落ちた王冠。大きな音を立てはしたが、レナージュの体には衝撃がほとんどなかった。こんな時でも、最愛王を最も大切にしている宮廷魔術師は、王の体に僅かでも苦痛がないようにと守りの魔術を発動させるのだ。

「あの娘……イヴェッタを助けようと、そういう話だったじゃないか！　それで何もかも、上手くいくはずだったじゃないか！　なのにどうして、お前が!!」

「酷いやつだな、俺の話を聞くより先に、あの小娘の言葉が事実であると判断したのか？　悲しいぞ、友よ」

「レナージュッ！」

陛下、と、いつもであれば優しさと労わり、親愛を込めた声音で呼ぶ男が、遥か昔のように名で呼んだ。よほど混乱しているのか、激昂しているのか。

「〝違う〟だなんて、言うなよッ!?」

「なぜだ？　あの小娘の話が事実であってくれと願ってるのか？」

「お前の口が、俺に嘘を吐くのを聞きたくないッ！　――頼むから、裏切らないでくれ、友よ」

ずるずると、ロッシェはレナージュに縋り付くように崩れ落ちた。イヴェッタのために彼が今日までしたことは多くある。容易いことだけではなかったが、全てはルカ・レナージュのためになると信じたからだ。

違和感はあった。思ったように上手くいかなかった。妨害が入る、侍女を集める行為にしても、侍女長に自分の母親が抜擢されたことにも、違和感があった。問題がないと言えば、そうだったが、なぜか、得体の知れない、妙な引っかかりがあった。

ギュスタヴィア。王弟殿下の望み通りにすることは、誰も彼もがあの男を恐れるゆえに、なんの邪魔も入らないだろうと思っていた。それなのに、上手くいかず、貴族たちの横やりが多く入った。ギュスタヴィアの恐怖を忘れたのか。ないがしろにしていい存在だと、なぜ思えるのか？　命が惜しくないのかと、ロッシェは違和感。疑問。得体の知れない、気味の悪さを引きずっていた。

それでもロッシェは、ギュスタヴィアの望み通り、イヴェッタという人間種の娘を王弟の妃にするというゴールを目指した。それが最も、重要なことだったからだ。

「なぜ……どうして、こんな馬鹿なことをしたんです？」

「……聞くが、何か問題があるのか？」

頭上からかかるレナージュの声は普段と変わらない。いや、普段以上に落ち着いてさえいる。

「なるほど、あの娘の言うようにこの俺がちょっとした指示を出していたとしよう。だが、何か問題があるか？　むしろ、俺の与えた何もかもは、あの二人にとって試練、必要な苦難だと思わないか？」

何も持たない劣等種の小娘が、泣き寝入りせず貴族たちを打ち負かし信頼を得る切っ掛けに成り得たはずだ。競い合うことになった令嬢たちを自分の味方に引き入れ、そして競い合いながら自身を成長させていくことだってできたはずだ。敵意を向ける周囲に自分の存在価値を認めさせ、崇拝させることだって、できたはずだ。

「あの愚かな小娘は、それらを悪意だと、害意だと全身で拒絶したんだ。神の愛を拒絶するような傲慢な女は、好意を向ける相手だけを欲しているんだろうな」

「陛下」

くつくつと笑うレナージュに、ロッシェは平伏した。両手と額を床に付け、可能な限り身を低く、小さくさせる。

「今の、陛下の行いは破滅へ繋がっています。どうか、本心をお聞かせください。友としてではなく、陛下を誰よりもご尊敬申し上げる臣下の願いでございます。陛下の御心を知らずして、この破滅を回避する術を生み出すことが、私にはできません」

「破滅か。どうなると言うんだ？　どんな結果が出るんだ？　——なぜ分からん？　何も変わらんぞ？」

「……陛下ッ！」

「くどい。俺があの小娘に何かしても、あの小娘の状況が悪くなろうと、ギュスタヴィアの妻にはさせる。エルフの祝福も与えてやる。それであの小娘は死なずに済むし、ギュスタヴィアはこの国を守る兵器に戻る」

「あの娘が耐えられず死んだら？」

思わずロッシェは問いかけた。

追い詰められる女。孤立無援。同種族は居らず王宮で一人きり、ただギュスタヴィアだけをよりどころにするしかない女が、エルフたちの仕打ちに耐えられず命を絶ったらどうするのだ。

「そんな可愛げのある小娘には見えないがなぁ。まぁ、そうなったとしても、いいんだ」

「は？」

「友よ。俺はずっと怯えていた。恐れていた。でも、そんな必要はちっともなかったんだ」

勘違いしていたんだよ、とレナージュは微笑む。

「それにしても！　なんだ、お前、あぁいう娘が好みだったのか？」

どこか狂気じみた笑みにロッシェが言葉を失っていると、レナージュは唐突に話題を変えてきた。喜々とロッシェの肩を叩き、いつものように笑う。その、見慣れた姿に安堵してしまったロッシェは問われた言葉に瞬きをし、は？　と上ずった声を出す。

「すっかり気になって仕方ないんだろう？　あの娘、見目もそう悪くない。気の強そうなところは確かにお前好みだな。どうせギュスタヴィアは多くを戦地で過ごすんだ。お前が親しくしてやれば、お前の不安も少しくらい解消できるんじゃないか？」

味方になってやればいい、と、そのように言う。

元々、そのつもりではあった。ロッシェはイヴェッタという人間種の娘を、レナージュのために助けるつもりだった。それを、今レナージュは別の意味合いで提案してくる。まるで、ギュスタヴィアを苦しめるために。

◆◇◆◇◆

「貴方をイヴェッタの騎士と見込んで、頼みがあるのですが」

そう、ギュスタヴィアがカラバを呼び出したのは刻印式の準備の慌ただしい最中。といって、三毛猫騎士は何か役目があるわけではない。ふわふわと毛並みの良い三毛を撫でてもらったり、一生懸命胸を張ってイヴェッタの側に控えているくらいがカラバの仕事だった。

それに不満があるわけではないけれど、頼み、と、そう言われてカラバはフンス、と鼻を鳴らす。

「お役目でございますか!?　なんでしょう！」

「私がイヴェッタの側にいない時に、彼女に命の危険が迫ったら貴方の兄弟に頼んで彼女を冥界に連れていってくれませんか」

「……それはつまり、ご主人様が、死んじゃう感じになりませんか？」

冥界というのは死んだ者が行く場所だというのはカラバとて知っている。そうツッコミを入れると、ギュスタヴィア様は目を細めて微笑んだ。

「私が迎えに行けば問題ありません」

「そ、そうでございますか……？」

自信満々にギュスタヴィアが言うので、カラバは首を傾げながらも「そうなんだろうな」と思ってしまう。

それにしても、不思議な頼み事をするものだ。ここはギュスタヴィアの家族がいる、ギュスタヴィアの生まれた国で、安全なお城の中じゃないのか。

「ここは危険な場所なのですか？　そんな場所に、ギュっさんはご主人様を放り込んだのですか？」

「……」

カラバの真っ直ぐな問いかけに、ギュスタヴィアはすぐには答えなかった。沈黙し、口元に手を添えて考えるような仕草をした。

「なぜでしょうね。この国を力尽くで支配してもいいのですが、その方が面倒がないのですが……なぜでしょうね。３００年、棺の中で横たわっていて、貴方やイヴェッタと過ごして、なぜでしょうね。今度こそ、上手く、この国でやっていければいいと」

ぽつぽつと、独り言のようにギュスタヴィアが呟く。カラバは不思議な感じがした。まるで祈りのよう。エルフは神に祈らないと言うし、ギュスタヴィアは何か願ったり祈ったり、そういうことをするような生き物じゃないと、カラバは思っていた。

「ギュっさんは、お兄さんと上手くやっていきたいのでございますね。でも、無理かもしれないと思っていらっしゃるので、そういう時は、ご主人様を安全な場所にと、そう言うことでございますね」

それならようございます、とカラバは頷いた。

◆◇◆◇◆

歓声、熱気、続いて全身の痛みを感じた。それは別にどうでもいいのだけれど、「ご主人さま、ご主人さま！」と、繰り返し私を呼ぶ声が聞こえる。

「……あら、カラバ。泣いてるの？　あら、まぁ。誰かに虐められた？」

目を開くと、べそべそになって泣いている三毛猫。目の周りや前脚の毛がすっかり濡れてしまっている。

「ご、ご主人さま～！」

「……痛っ」

私はぼんやりと目を開けるが、視界がおかしい。見えているのは半分。右目だけ。ずきずきと痛み、口の中に鉄の味が広がっていた。呼吸がしにくいのは鼻に血が詰まっているからだ。乾いたそれを咳をして、鼻を押さえて取り出す。げほり、ごほり、と、血塊が鼻や口から転がり出た。

「……ここは、どこかしら？」

「わかりません。某、連れていかれるご主人さまに必死にしがみついて来たのでございます。

後輩の蛇殿は消えてしまいました」

「あぁ、あれは私の精神と繋がっているから……私が気絶したりすると消えるのよ」

「そんな……職場放棄？」

「うーん。でもほら、カラバは消えないでこうしてずっと側にいてくれたわけだから」

後輩が不心得者かもしれないと顔を顰めるカラバにフォローしつつ、私は辺りを見渡した。

ここはどこだろう。半分だけの視界で、身を起こして周囲を見渡す。高い塀の中。塀の向こう側は、観客席のような。ドーム状の中央。私の両手、両足には手枷《てかせ》。鎖は地面に刺した杭に繋がれている。

「……円形闘技場《コロッセウム》？」

エルフの国の有名な建築物だ。イヴェッタ・シェイク・スピアの憧れの冒険の中で、是非一度は見てみたかったという場所。エルフたちが捕らえた様々な種族を戦わせる場所。これを模したものが人間種の国にもあって、剣闘奴隷を主人公にした物語をいくつか読んだ。

「……あら、まぁ！」

私は咄嗟に地面に耳を付ける。下から響く音、50メートル以上深く掘られた地下には戦わせるための魔物や魔獣が多く飼われているというのは本当だったのか。一度開催されれば日に100人が死ぬという噂の場所。

塀の作りは強く、脱走防止のための深い堀の中には毒蛇や蠍《さそり》が蠢いているそうだ。鎖の長さと、体の痛みからそれを確かめに行くことができないのは残念だ。

状況把握。観客たちは皆、エルフ。本で読んだ通りなら、一般市民の座る席に、女性専用、それに上流階級の者たちのための天幕など、確かにそれらしい身なりのエルフたちだ。

エルフの円形闘技場に放り込まれた。

……着ている服は、刻印式のための純白のドレスのまま。多少、いや、かなり、私の血で汚れているしあちこち破れているけれど、変わらない。

「ご主人さまをこんなところに放り込むなど、失礼極まりないことでございます。ギュっさんは何をしているのです？　こういう時に守らなくてはダメダメギュっさんでは？」

「お忙しい方なのよ。それに私、エルフの国で色々やらかしてしまって……まぁ、正当防衛だと思うけど……」

「そうでございますよ。ご主人さまは何も悪くありません」

この場に放り込まれる理由に心当たりがなく、起き上がり鎖を引っ張っていると魔法で拡張された声が響き渡る。

「愛すべき我が民よ!!」

聞き覚えのある声。

ぐるりと見渡すと、一点。大きく両手を広げ話しているエルフの男性。王冠を被り、立派なご衣裳を纏われた、ルカ・レナージュ国王陛下ではないか。

「今日は、真祖スフォルツァ大公を害した大罪人の罪を濯ぐためこの場を開かせてもらった!」

一言、一言、国王陛下が口を開くたびに観客席から歓声が上がる。この大声が最愛王への賛美と期待。権力者が最も自分の人気を確認できる場として、これ以上のものはないだろう。

私は国王陛下の長々とした演説を聞き、必要な部分を取り上げる。

曰く、私は王弟の婚約者候補として選出された名誉ある娘。しかし、他の婚約者候補の令嬢たちに嫉妬し、刻印式の後の第一の試練で他の令嬢たちの妨害を行った。

そしてそれを諫めに入ったスフォルツァ大公を刺し、その場で取り押さえられ捕らえられた。

王弟ギュスタヴィアとの婚約は破棄。

本来であれば処刑されるべき大罪だが、王弟ギュスタヴィアの不在中にそのようなことはできず、しかしスフォルツァ大公の名誉のためにも、私は裁かれるべきだ、とそのように。

古い習慣。罪人は闘技場で魔物と戦い、勝利すればその罪を許される。

「あら、まぁ……まさか人生で二度も婚約破棄と断罪を経験するなんて」

「え、でも、ギュっさんのいないところでこんなに勝手にやって……エルフの皆さま方は、死にたいのでしょうか……？　それに……ご主人さまは大怪我を負ったまま？　両手両足、封じられて？」

「色々突っ込みどころが満載ねぇ」

この場に集まった方々は、無力な劣等種の小娘が魔物に無抵抗のまま嬲《なぶ》り殺されるのを観に来た暇人、ということだろうか。

「もちろん、面白おかしく、してもらいたいわ」

私とカラバの呆れを察したわけではないだろうが、闘技場に愛らしい女性の声が響き渡った。

お怪我をされたとは全く思えない、大変お元気そうなエルフの女性。やはりマイエルの作品を身に纏い、蝶を侍らせている美貌の女性。ウラド・エンド・スフォルツァ大公閣下。国王陛下のお隣に座っていらっしゃった大公様はゆっくり優雅に立ち上がる。彼女が口を開いた途端、会場の歓声が嘘のように止んだ。誰も言葉を発することが許されていないので、息をすることもひそやかに、とそのように。

つい、と、大公閣下が手を私の方へ伸ばす。

数羽の蝶がひらひらと私の方へ飛び、点と点が結ばれ線になり、面となった。鏡のような面。

私の姿が浮かび、顔の半分が潰れ、爛《ただ》れた姿が見える。随分と酷い姿。左肩が妙にひりひりすると思ったら、皮膚が剥がれていたらしい。自分の姿をはっきり認識すると、痛みの深さが増してくる。途端、左腕が動かなくなるのは、負傷具合を自覚してしまったからか。

これが狙いか？　それにしては、優しいような。

私が困惑していると、鏡の中の私の姿が歪んだ。揺らめいて、そして、映るのは、金色の髪の、とても、顔の良い、青年。

「うわっ⁉　な、なんだ⁉　は⁈」

ひょいっと、軽い音がしそうな。鏡の中から、ぺっ、と、吐き出されるようにして、転がり出てきた青年。

「あ。お懐かしい、王子さま」

「あら……ウィリアム王子殿下？」

「おまっ……イヴェッタか⁉」

ずべしっ、と、受け身も取れず地べたに這い蹲ったお方は、私を見上げ一瞬「誰だ？」というお顔をされるが、確認よりは驚きで、私の名を呼ばれた。

「お前……」

唖然と私を見つめるウィリアム王子殿下を前に、私の体は強張った。最後の記憶。永く婚約者だったこの方が私に向けた目と言葉は、のんびりとしたイヴェッタ・シェイク・スピアにはなんの毒にもならなかった。

しかし、思い返す私には、拒絶と侮蔑と嫌悪、どう言い繕っても負の感情。マリエラ・メイ男爵令嬢という殿下にとって最愛の人を傷付け害してきた悪女と、そのように心から信じる目。

一体どんな罵声を浴びせられるのかと、身構えた。

じっと私を見つめ、その顔が歪む。怒鳴り散らそうと開いた口が一度閉じられ、強く眼を閉じ、漏れたのは「くそっ」という小さな言葉。

「お前ッ、なんだ、その有様は……ッ！　馬鹿な女だ！　出ていけと言われて、本当に出ていくやつがあるか！　どこまで馬鹿なんだ……！」

「まさかのいきなりの罵倒!!　ご主人さまへの無礼！　テシテシ!!」

ウィリアム殿下にはカラバも思うところがあるのか、前脚のぷにぷにとした肉球で殿下の足を叩く。

「殿下」

「お、おい、なんなんだこの喋る猫!!」

「私の騎士です」

「はぁ!? いいか、お前のせいで今、国中がッ! ……いや、今は、いい! それより、なんだ!? この状況はなんなんだ!? お前の怪我は……エルフの連中にやられたのか!?」

ウィリアム様はぐるりと周囲を見渡し、警戒する素振りを見せた。この方は、愚かな方ではないのだ。

私は自分に浴びせられると思った罵声や罵倒は少なかった。それが意外で、体の痛みを一瞬忘れてしまった。しかし、すぐに我に返り、レナージュ国王陛下、スフォルツァ大公のいらっしゃる方へ膝を付き、頭を地面に押し付ける。

「……っ――エルフの尊き方々よ!!」

静まり返ったとはいえ、広い闘技場に私の声がどれほど届くのか。私は喉が裂けるのではないかというほど、喉を震わせ、腹の内から声を出した。

「この方は、ルイーダ国の正当なる王子殿下であらせられます!! 他国の王族を拉致されることなど、断じて許される行為ではないはず!! 国際問題に発展いたします!! この方は、わたくしとは違います!! この方は丁寧に扱われるべきお方です!!」

私は、自分がこの場に引き摺り出され見世物にされるのは自分の自業自得だという諦めがある。けれどなぜ、殿下を巻き込むのか。もうとっくに、私とは関係ない世界で生きる方。

今すぐにこの場から、手厚く保護されるべきだと必死に訴える私に反して、エルフたちの反応は冷ややかだった。

「他国の王族……？　人間種ごときの王族が、なんだと言うのです？」

「国際問題だなどと……人間種程度の国が同等だとでも思い上がっているのか？」

「何を賢しらな顔で訴えるかと思えば……全くもって、くだらない」

「人間種は蟲に敬意を払うような変わり者どもの集まりなのか？」

駄目か。

私は地面に伏したまま、聞こえてくる言葉に唇を噛んだ。

「おい！」

その私の腕を、ぐいっと掴んで引き起こすウィリアム王子殿下。

「殿下」

「状況は分からんが……お前は仮にも伯爵令嬢、だった女だ。気安く頭を下げるんじゃない」

王子殿下はエルフの言葉が分からないようだが、雰囲気から何か察することはあるご様子。

不快気な表情を浮かべながら、ご自分の上着を脱ぎ、腕輪や指輪、ジャラジャラと付けていた装飾品を私に付けさせる。

「殿下？　あの、何を」

「私が身に着けているものはほとんどが魔法や魔術が込められている。お前に渡している物は付けているだけで自動で治癒魔法が発動されるものだ。どの程度まで回復するか分からないが、私は回復魔法は使えないから、何もしないよりマシだろう」

「……」

体の痛みが徐々に薄れてきた。鎮痛作用のある魔法が効いているようだ。王族が常に身に着ける魔法道具となれば高価でそして強力なもの。惜しげもなく私に使用させる殿下のお心が私には理解できない。

「というか、お前は神官の予定だったはずじゃないか？　自分で回復魔法をかけられないのか？」

「……申し訳ありません」

「……まぁ、できたらさっさとやっているな」

溜息一つ、殿下はそれ以上聞かなかった。

「今お前が叫んだ言葉は、私には分からないが、エルフの言葉か。――つまり、お前がこの国で何かして、そこまで痛めつけられて、それでも足りないと、今この場所で……処刑でもされるのか？　それに私が何故か巻き込まれた、という認識でいいか？」

「……概ね、その通りです」

「ふん。どうせお前は馬鹿だから、騙されて人買いにでも売られて、エルフの奴隷にでもなったんだろう。出ていけと言われたからと、どうせ私への嫌がらせで、感情的に出ていっただけのくせに。お前みたいな女が、一人で生きていけるわけがないだろう」

つらつらと、罵倒が始まる。先ほどまでは詰られることが怖くて仕方なかったのに、私は変に安堵していた。この方は私のことを疎んでおられるのだ。その認識に間違いはない。

なぜスフォルツァ大公はこの方を此処へ連れてきたのだろうか。いや、それは、その理由は分かっている。

面白いものが、見たいからだ。

どう面白くする気なのか。私は考えた。単純に考えて、最初に予想できるのは……

「お、おい!? なんだあれ! なんなんだ!?」

殿下の悲鳴のような声が響く。ケラケラと、エルフたちが笑い出した。

「魔物、か?! 魔物なんか飼っているのか?! エルフは!!?」

馬ほどの大きさの狼に似た種だ。赤く眼を輝かせ体からはバチバチと光が弾けている。本で見た覚えがある。魔の獣の一種。元は狼だったものに自我のない低級魔族が憑依したものだ。

「殿下、ここはエルフの国の闘技場です。アグドニグルやスパーダであるような、奴隷や魔物を戦わせ、見世物にする場です」

「なるほど、野蛮な見世物だな！　我がルイーダはそういった野蛮な文化はないからな！」

「その野蛮な見世物の登場人物が、わたくしと殿下です」

「なるほど、そうか!!　なぜだ!?」

「わたくしの処刑方法のようですので」

魔物と戦わせて生き残ったら罪を許していただけるそうですと言うと、顔を真っ赤にさせた。

「お前、何をしたんだ!?」

「かいつまんでご説明しますと、この国の王弟殿下と婚約するためにこの国に来たのですが、色々ありまして、その王弟殿下がご不在の時に、大公閣下に斬り付けました」

「はぁ!?　おい、ちょっと待て！　お前、誰と婚約……」

何がどうしてそうなった、と叫ぼうとされたらしい殿下の言葉は続かない。魔獣が私たちの方へ飛びかかり、殿下は私を突き飛ばした。

「殿下ッ!?」

何を、するのか。

私は悲鳴を上げる。

どん、と、体を強い力で押しのけられた。前方ではない。真横。飛びかかってきた魔物たちは、勢いそのまま殿下の方へ飛びついた。一瞬で地に臥せられ、獣2頭に覆い被さられる。

なんて馬鹿なことをされたのか!!

「剣よ!!」

私は守護精霊を呼び出し、剣の形を取らせると、そのまま魔獣の首を刎ねた。

「殿下!!　死にましたか!!」

「生きているわ！　防御魔法くらい張れるからな!!」

確かに、殿下は無傷だった。そう言えば学園でも殿下は大変優秀な成績だった記憶がある。

私が治癒魔法を使うことができないイコール魔力になんらかの問題があり魔法が使えないと判断されたようだ。そして、それなら自分が、という合理的なお考えだったのだろうか。

殿下は「小動物は隠れてろ」とカラバさんに逃げるように言った。

「某は騎士でございますが!?」

「足手まといだ。私とイヴェッタだけなら自分で自分の身を守れるが、お前まで守ってやれる余裕がない」

「……！」

言われてカラバの尻尾がへたり、と下を向く。

「……お守りしたいのですが」

「無理だろ。まぁ、騎士がいなくても、王子の私が側にいるのだから、問題ない」

「……」

ぶぅぅ、と、カラバは不服そうに顔を顰めた。けれども賢い子。理解できないわけではない。

私に頭を下げて、パッ、と、闘技場の端に行き、ぴょん、と高い塀を飛び越えた。

スフォルツァ公も猫の子一匹くらいなら見逃してくださったようだ。

「で、お前。剣なんて使えたのか」

「昔、少々。嗜み程度です」

「嗜み程度で魔獣の首を2つも、一撃で斬れるのか？——まぁ、しかし。お前の剣と私の魔法でこの場を脱出できないものか……」

エルフは人間より遥かに魔力が高く、そして状況的に、逃げられるものではなさそう、ではある。ウィリアム王子殿下は思案した。

「……この見世物、お前と魔物を戦わせるものなんだな？」

「はい」

「私が巻き込まれたのは、私にお前の手助けをさせるためと考えるべきか？」

「……そのようですね。ですが、殿下はそのようなことをなさる必要はありません」

「必要はないだろうが、現状、私の魔法だけでは生き残れんだろう」

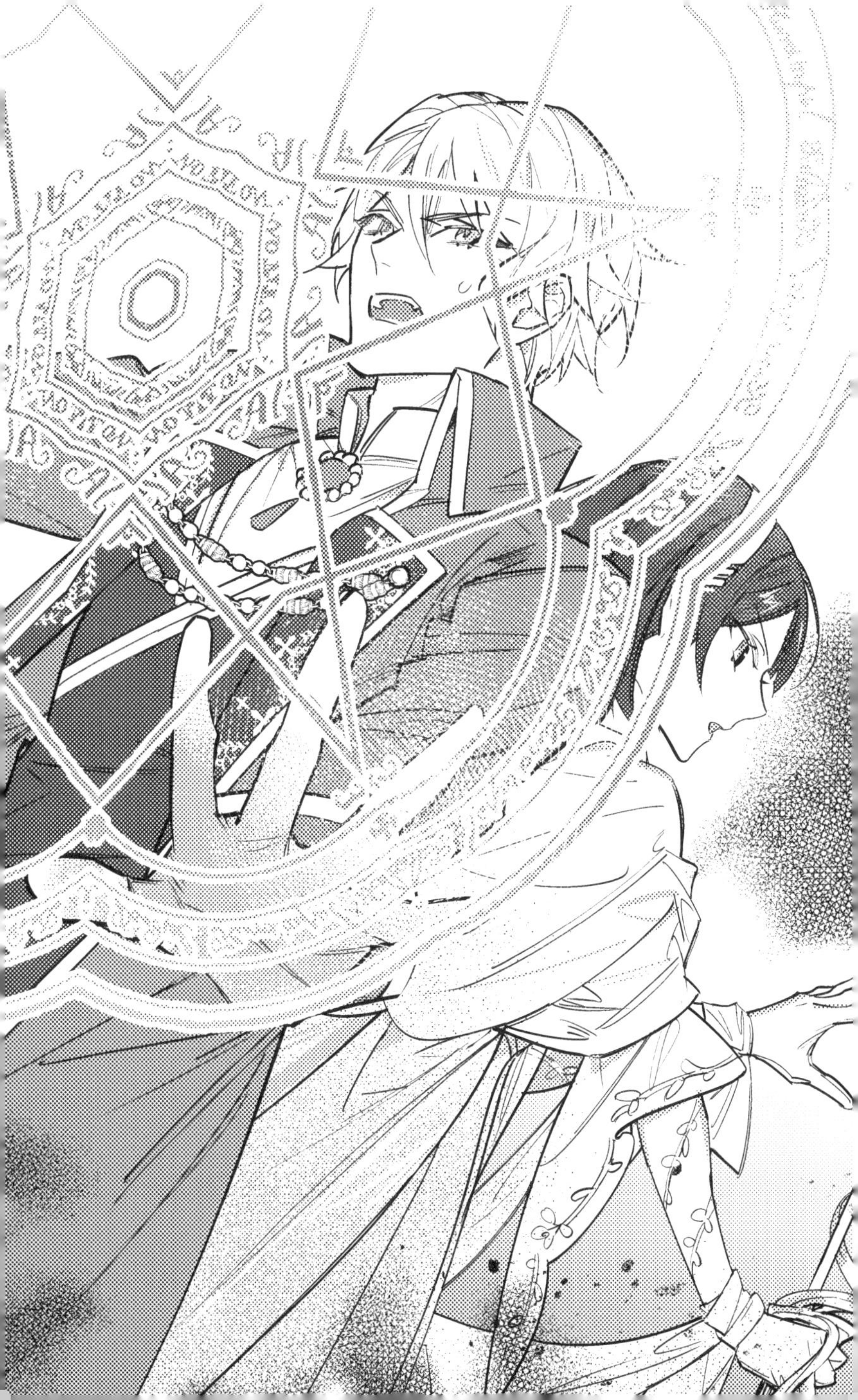

設けられているルールを信用するなら、私がこの見世物で死なず生き残れば「許される」ことになる。私が死ねば、連れて来られた殿下はどうなるのか？　ご協力ありがとうございました、と丁寧に送還されるわけもないだろう。

「私が生き残るためにはお前に協力する他ないということだな」

「……申し訳ありません」

謝罪すると、殿下はフン、と鼻を鳴らした。

「お前に死なれると私も困るんだ。お前のせいで今、国中が……」

話の途中で、ぐらり、と地面が揺れた。

「っ！　次はなんだ⁉」

『私の自信作よ！』

きゃっきゃと、童女がはしゃぐような、弾む声が拡張され響いた。ご丁寧にウィリアム王子殿下にも通じるよう、こちらの言葉でご説明くださるスフォルツァ大公閣下。

『私の趣味はちょっとしたお裁縫と、創作活動なの。芸術の素晴らしさって、分かってくださるかしら？　ルイーダ国は芸術文化が華やかなお国よね？　そこの王子様に見ていただけるなんて、嬉しいわぁ』

地響きと共に、ぱっかり開いた地面から持ち上がるように現れたのは……なんと、表現すべきモノなのだろう？

「……像、いいえ、なんでしょう……」

大きさは、大きいことは大きい。5メートル以上はあるだろうか。遺跡の中で発見される朽ちた像の元の姿のような、大きな、人型。裁縫という言葉の通り、あちこち継ぎ接ぎだらけで、バランスが悪く見える。大きな頭に、あちこちから腕のようなものが伸びている。表面はぶよぶよと、柔らかい素材でできているようだが、ゼリー状のものが継ぎ接ぎの間からダラダラと溢れている。

「魔獣……にしては、禍々しさが感じられませんが」

「……おい、お前……本当に、あれが何か分からないのか？」

剣を構えるが、敵意や殺意を感じない。こちらに襲い掛かってくる様子もなく、私が訝っていると、私の前に立った殿下が強張った声を出した。

「……殿下？」

「……あれは、人間だぞ」

「……は？」

『えぇ！　そう！　まぁ！　分かってくださるのね！　素敵！　嬉しいわぁ！　以前捕まえた子たちをね、大切に大切にしたの。すぐに動かなくなってしまうでしょう？　だから、素敵にしてあげたのよ。破いて、繋げて、色々詰めたの。遥か昔に敗れたデッダの神々の姿を模してるのよ！　腕が6本あるのがそうなんだけど、折角だから、たくさんあったほうが素敵じゃない？』

理解者がいて嬉しいと、弾む声。

……やっぱり、悪魔じゃないか？　この方。

「くるぞ！」

明るい大公閣下の声が流れる闘技場に、ウィリアム王子殿下の緊張した声が割って入る。

合成獣《キメラ》と化した人間だったものは、のったりとした動きを数度見せ、次の瞬間、生えた腕全てから、魔法で炎を生み出し、こちらに投げつけてきた。

「殿下！」

「僕の後ろから出るなよ‼」

私の剣で落とせない数ではないが、殿下は防御壁を展開させた。高位魔法だ。当たった攻撃が魔力でできているのなら、その魔力の一部を吸収できる。性能が高ければその吸収率も上がる。

暴風のような、魔法の攻撃が続いた。いくら一部を吸収するとはいえ、いつまでも防ぎ続けられるものではない。

「殿下、わたくしが前に、」

「逸るな！　だからお前は馬鹿だというんだ！　あれが……人間から作られているということは、生物ということだろう！　なら、呼吸、あるいはそれに似たものの〝間〟が必ずある！　そのタイミングに合わせて、お前は斬りかかれ!!」

嵐は必ず一度は止む。そう確信している殿下。

防御壁が徐々に、小さくなっていった。範囲を維持することができなくなってきている。最初は直径で2メートル近くあったものが、半分、徐々に、徐々に、狭まる。

……なぜこの方は、突然、わけの分からないことに巻き込まれたのに、力を尽くしてくれるのだろう。その後ろ姿を見つめながら、私はただただ、不思議だった。

この方は私を疎んでいらっしゃる。私がこの場で死ねば、ご自分の命も危ういとはいえ、私のせいだと、今この状況に関してのご自分の不幸を、責めはしなかった。

この方は、そういう方だったのだろうか。

知らないのだ。私は、同じ学園で時を過ごしたけれど、この方のことを、遠目で見るだけで、張り出される成績や、周囲の評価を聞くくらいでしか、知らない。

知らずにいたかった。

「今だ！　いけ!!」

魔法の攻撃が、一瞬止んだ。殿下の怒鳴るような掛け声に、私は飛び出す。読み通り、腕は休んでいた。しかし、全てではない。

『弱点はね、あった方が可愛いから、残しているの。でも、対策をしておくのって、かっこいいじゃない？』

全ての腕が休んでいる間にだけ、活動する腕があると大公閣下の解説。空高くまっすぐに伸びた一本の腕は黒い槍を出現させ、私を貫くために飛んできた。

「剣よ！　私の血を受けろ！」

女神の槍より、遅い！

けれどそれは、私に避けられない速度ではない。が、避ければ殿下に当たるかもしれないので、矢を叩き落とし、足で踏みつける。どろりと泥のように溶け、腐臭。私は駆け、合成獣を斬った。一撃では、どこが心臓、あるいは稼働するための元がある場所か分からないので、何度も何度も斬り付ける。

『あら、綺麗ね。踊っているみたいだわ』

どこまでも楽し気な大公の声。私は合成獣が反撃する間も与えず、斬り続ける。細切れにできるほど切れればいいが、私の剣技ではそこまでできない。単純に筋力が足りない。可能な限り切り刻んで、動かなくなるのを確認する。

「……殿、」

これで終わりか分からないが、ひとまずは、と、そのように。振り返った私は、目を見開く。

「……毒、いや、呪詛、か」

げぽり、と、殿下が口からどす黒い血を吐いた。目や、鼻、口、耳からも、黒い血が流れ出て、一歩、前に歩こうとした殿下の体が崩れ落ちる。

「ウィリアム様!!」

私はすぐに、自分の身に付けさせて頂いた魔法道具を殿下の体に押し付ける。しかし、先ほどは私に効果を齎してくださった強力な魔法道具は、全く反応がない。

『魔力にね、毒を仕込んであったの。少しずつ吸い込んで、たっぷりとした呪いになるのよ』

「……スフォルツァ大公ッ！　解毒を……!!」

『いやねぇ、そんなこわい顔。こういうつもりだったのよ？　あぁ、誤解しないでね？　もちろん、あなたと王子様が二人で協力し合う姿、とっても素敵だったわ。私胸が震えたわぁ。再会した男女が、お互い手と手を取り合って、困難に立ち向かう姿って、やっぱり素敵ね？

——でも、そうしたら、次に必要なのって何かしら？　ねぇ、何かしらねぇ？』

抱き上げた殿下の顔は、土色になっていた。体はみるみる冷たくなる。黒い血を吐き、何度も痙攣を繰り返す姿。

「ウィリアム様!!」

◆◇◆◇◆

「きょうだい！　きょうだい！　某のお兄ちゃん!!」

闘技場から飛び出して、カラバはトントンドンドン、と、地面を叩いた。

ギュスタヴィアには「いざという時はイヴェッタを冥界へ」とそのように頼まれた。けれど、イヴェッタは、ご主人様は逃げ出すことはお嫌だろうな、とカラバには分かっていた。

(それに、あの王子様がご一緒。ご主人様お一人が助かっても、ご主人様はお嫌でしょう)

冥界にウィリアム王子も一緒に連れていけるのか分からない。

「……そもそもきょうだいは某が呼んだら出てくるものなのですか!?」

冥界がどこだか知らないし、呼び出し方も分からない。

「ギュっさんは某が普通にきょうだいに連絡できると思っていた感じなのですが!!」

混乱する。肉球は地面を叩きすぎて真っ赤だ。

闘技場からはエルフたちの熱狂的な声が響く。あの場に自分がいても足手まといだと分かっていたなら、ここでお役に立つべきだろうに、ただのお使いもできないのか。

きょうだいを呼んで、ウィリアム王子も一緒に冥界に避難する。それがカラバには一番良いことのように思えた。のに、どうすればきょうだいを呼べるのか。

「……」

神様に祈るのは、こういう気持ちの時なのだろうとカラバは思った。祈る先の神様。カラバは思い出した。昔々。まだ子猫だったころ。猫のおじいさんが言っていた。猫にも神様がいるのだと、そういう話。

「神様……！　猫神様！　どうかお願いします。どうか、お助け下さい！」

地面に猫の狭い額をつけて、こつん、とお願いする。

すると、ぱっくりと、地面が割れた。

三毛猫は割れた地面の中に飲み込まれた。

「……??」

「……」

すってんころり、と、地面に転がる。痛みはない。きょとんとして辺りを見渡すと、見知らぬ薄暗い場所。

「どう見ても……体に悪そうな場所でございますなぁ」

「……そなたは」

「？」

頭上から声がした。カラバが顔を上げると、どう見ても顔色の悪い不健康そうな、角の生えた男が立っていた。全身真っ黒で夜を形にしたような男。

「なぜここにいる？」

「おぉ！　もしや……貴方様は、猫神様!?」

ぱぁっ、と、カラバは顔を輝かせた。祈って、知らない場所に出た。目の前には立派な角のなんだか妙に迫力のある大きな人物。

「なるほどなるほど、言われてみれば神々しい感じがいたします」

「何も……言っていないのだが」

黒衣の男は小首を傾げた。

「まぁ……良い。来なさい。すぐに、娘がここへ来る。歓迎の……支度を手伝うように」

◆◇◆◇◆

身の内の毒。繋がれた呪い。エルフの悪意の集合体など、どうすればいいのか。考える。考える。読んだ本の知識。必死に必死に探った。私には魔力がない。私には魔法が使えない。あるのは、本の知識だけ。

ウラド・エンド・スフォルツァ。大公。この女の正体を探る。エルフ、ではない。そもそも、エルフとはなんだ。太陽の光を糧《かて》とする種族。長い年月を生きると樹になる。そうでない者は、燃えて灰になって死に消える。強い魔力と筋力を持つ種族。元々は小さな親指ほどの妖精だった種族が、変じたものと言われる。

ウラド・エンド・スフォルツァ。大公閣下。大公、王族に次ぐ、あるいは王族に匹敵する地位。真祖、と、そのようにレナージュ王は言っていた。王族が、真祖とまで呼ぶ存在。アロフヴィーナ様、女神、神族との関わりのある存在。

「……人には解けない」

答えを掴めずとも、手繰りよせる思考の末は、あまりにも。私は首を振る。なんで、どうして、こんなことになっている。これが私だとしたなら、構わなかった。毒に侵され苦しむのが私なら、構わないのに、どうして殿下が、ウィリアム様が、こんな目に遭わなければならないのか。つい先ほどまで、お互い全く、何をしているのかも知らなかった方がどうして、私の腕の中で死にゆこうとしているのか!!

腕の中で失われる体温。消えていく命の炎に、覚えがある。幼い頃。この方の祖父を、私が死なせた。あの時を思い出す。あの時、私はただ震えているだけだった。ただ恐ろしくて、怖かった。その時の恐怖を思い出し、頭の中が真っ白になる。

「祈れば、いいじゃない？」

とん、と、軽い音。天使が舞い降りたような、軽やかな着地で、豪奢なドレスを翻し、スフォルツァ大公が私の前に降り立った。

「あなた、一人じゃなぁんにもできないんだもの。祈ればいいの。人は、そういうものよ。自分ができないことを、自分じゃどうしようもないことを、祈るの。どうか、どうか、って、お願いするの。大丈夫よ、あなたの願いは必ず聞き届けられるわ。これまでだって、そうだったじゃない？　あなたは自分じゃ何もできないから、祈るしかないのよ」

いつもそうだった。

国を飛び出して一人で夜を過ごす時も、心に納得のいかない思いがあった時も、冒険者２人と、魔獣に襲われた時も。それより前に、学園で魔法を使う時も、人に、何か悲しいことが起きていると聞いた時も、いつもいつも、いつも。

(私は、どうすれば「解決」できるのか。どうすれば、どんな方法があるのか。考えることも、学ぶことも、人に聞くこともなく、ただ、祈って、何もかも、やってもらってきた。自分では何もやらずに)

与えられる水だけを、ただ根で吸い上げて生き続けるだけ。そして、枯れることを勝手に、恐れて嫌がって、切られたのだなんだのと、騒ぎ立てる。腐臭を撒き散らすだけ。

「ほら。ねぇ、早くしないと。死んでしまうわ。この場の誰も、私たちはあなたを助けない。ただ黙って見ているわ。あなたは何もできないけれど、祈れるじゃない。あなたが祈れば、王子様は死なないで、救われる。奇跡が起きるのよ」

奇跡を見せてね。感動的な。愛の奇跡。

一度は信仰を失った者が、愛しい王子様のために信仰を取り戻す。それはとても、素敵なお芝居。そう、諂うスフォルツァ大公。

祈ればいい。祈れば、神々は応える。私が切り花に。竜になるために、花になり、燃え続けることを受け入れれば、これまで通り、私自身はなんの力もない娘のまま、何もかも、叶えてもらえる。

人を救わない神々に、私だけは救ってもらえる。

「……」

これまで、息を吸うように吐いてきた祈りの言葉が、出てこない。

殿下の体が、氷のように冷たく。そして、びくびくと、小刻みに震える感覚が、長くなってきた。なのに、私は、この方を救う奇跡を願う言葉が、口から出せない。

「……イ、エ、ッタ」

喉を詰まらせるような音の間に、殿下が私の名を呼んだ。

「ぼ、僕は、」

ぐっと、握った手に力が籠《こも》る。恨み言か、それとも、なんとかしろという訴えか。私は耳を近付けた。か細く聞こえる言葉。

「あら！　死んじゃうのねぇ？　悲劇になってしまったけど、でも、最後の台詞は、悪くないわ！　これは、これで……」

感動的だと肩を震わせ感極まる女を、私は斬り付けた。軽いステップで私の攻撃を避ける。追いかける。

「あら、あら？　どうして？　駄目よ、違うわ。あなたはここで、王子様を抱きしめて泣かないといけないのよ？」

「あなたを殺せば呪いは解けるかもしれない」

「あら、まぁ」

女の口元が綻んだ。

「そういう展開も、素敵だわ。でも、今観たいのはそれじゃないの」

素早く、女が動き、ウィリアム様の元まで一瞬で移動した。私が制止するより早く、永く伸びた爪がウィリアム様の首に触れた。首を落とされる。予感。確信。赤い血、切り離される未来が見えた。

私は咄嗟に剣を返し、自分の心臓に突き立てた。膝から崩れ落ち、胸に剣を刺したまま、両手を合わせ、天を見上げる。

「どうか、」

「違います。なぜ間違えるのです？　言いましたよね？　貴方が頼るべきなのは、どう考えても私では？」

神よ、と、絶望した私の言葉が止まる。ふわり、と、花の匂い。

膝を突く私の手を掴んだのは、返り血と、泥で汚れた姿であっても輝くように美しい銀色の髪に、黄金の瞳の、ギュスタヴィア様だった。

「……ギュスタヴィア、さま」

「どうして貴方は、いつもそう、簡単なことが分からないのです？」

いつだったか、私が言った言葉をそのまま返してくるギュスタヴィア様に、私は小さく笑い、そして、目を伏せた。

「申し訳、ありません」

私の体から、溢れる力を感じた。

衝撃。悲鳴。あちこち、闘技場に集まった、エルフたちの悲鳴。

茨が、彼らに絡まり鋭い棘で突き刺していくのを、私は自分の手足が触れたように感じた。

祈りの言葉が、言葉として発せられなくても、私の願いは、聞き届けられた。

◆◇◆◇◆

覆う。覆う。茨が覆う。

広く広く、茨が闘技場を包み込む。吐き出すように追い出された、あるいは逃げ延びたのはほんの一握り。

多くは茨に絡めとられて雁字搦《がんじがら》め。死ぬほどの激痛ではなくとも、致命傷ではなくとも、徐々に徐々に、血を吸われ、力を奪われ、枯れていく。そうしてエルフは灰になる。

「申し訳、ありません」

今にも泣き出しそうな顔。それでも微笑んでいたのは自嘲だったのだろうか。

「……」

闘技場全体を包み込む茨。鋭利な棘がエルフたちを突き刺して、徐々に命を奪っていく。呻き声や恨みつらみ、そんなものが耳に届こうとギュスタヴィアにはどうだっていいことで、そんなことよりも、茫然と、膝を突き眺めるのは自身の手。

掴んだと思っていた体が、肩が、手が、遠く遠く離れた。

あれほど嫌悪したではないか。

「……なぜ、神に縋った？」

神に弓引くと決めて、自身の命が危ぶもうとその道を選んだイヴェッタ。何もかもうまくいくと、ギュスタヴィアは思っていた。いや、何もかも上手くいかせると、そう決めていたのだ。イヴェッタの命を救い、この国の王族として迎え、国民たちに受け入れられ、花と名誉をいただく立場にさせることを、ギュスタヴィアは決めていた。そのために、自分の身がどうなろうと、別段気にするようなことは何一つなく、ただ、しかるべき物事が全て終わったその時には、輝かしい大聖堂にて、純白の衣裳を纏ったイヴェッタが自分に微笑みかけてくれて、ただ一言「ありがとう」と言ってくれるのだと、それだけを欲していた。

彼女の願いを叶えることができるのは、彼女の抱える問題を解決することができるのは、全て、自分だけであるはずだった。

茫然と、ギュスタヴィアは停止する。

エルザード。神々の力の及ばぬ土地であるはずの地に、顕現した神の力。茨。何もかもを封じ拒絶し、疎外する茨。触れれば皮膚を食い破り肉を抉《えぐ》り、血を吸い上げる。

堅牢な檻の中で育まれるのは、竜の雛。

一度は神を拒絶し、信仰を捨てた者が再び神に祈った。それまでの無礼の一切を無条件で許されるわけもなく、願いの対価に、その身を奪われた。あとはただ、茨が吸い上げる周囲の命を栄養に、雛は成体へと、憤怒の竜へとなっていく。

「……私の妻に、なると」

言ったではないか。

最後に見た微笑みを思い出す。呟かれた言葉。その、意味。

「今のうちに殺せ」

ギュスタヴィアの背後から声がかかった。この場で真っ先に優先されるべき存在、国王レナージュが立っていた。

「成体化したとてお前ならば容易く殺せるだろうが。この国から竜が孵化した事実など、あってはならない。眠る雛のうちに殺してしまえ。あの女も、そのつもりだろう」

「……兄上」

微笑んだイヴェッタ。謝罪の言葉。

ギュスタヴィアなら、竜になった自身を殺せると、そう理解して、託して、そして謝罪。

「……なぜイヴェッタを。彼女を、追い詰めたのです」

ギュスタヴィアには兄の行動が、理解できなかった。

自分という兵器を制御するために、自分が執着している女。イヴェッタを王族に迎えることは承諾いただいたことではないか。利がある。イヴェッタは、切り花という価値を除いては平凡な性質の、ただの人間種の娘だ。政治に強い野心があるわけでもなく、周囲に強い感情を撒き散らすような女でもない。

「私は兄上に逆らいません。お望みであれば、何もかも差し出しましょう。――なぜ、私の大切なひとを苦しめたのです？」

イヴェッタさえ大切にしてもらえるのなら他には望まないと、そう知らせてきたではないか。イヴェッタさえ、エルフの国で丁寧に扱ってもらえるのなら、自分は兄の望みの何もかも叶えると、そう、示してきたではないか。

「お前が苦しむからに決まってるだろう？」

レナージュは吐き捨てた。分かりきったことをなぜ聞くのかと、呆れる響き。

「……なぜ」

「なぜ？　お前の弱点を放っておくと思ったか。それとも、お前の逆鱗《げきりん》に触れる行為をするわけがないと思ったか？　馬鹿なことを言うなよ。お前は、こんなことをされても、俺を憎めやしないくせに」

ははは、と、レナージュが笑った。腹の底から、おかしくて仕方ないという、大声。周囲が混乱し、統率されることもなく、レナージュの王冠もいつの間にか消えていた。そういう、状況がレナージュを気安くさせているのだろうか。

「あの女が大切？　愛している？　馬鹿なことを言うなよ。お前は、そんなことはちっともないんだろう？」

どっかりとレナージュが座り込んだ。顔を両手で覆い、肩を震わせる。

「お前はあの女を『愛している』『大切に思っている』などと、いう、フリをしていただけだ。お芝居、茶番、狂言。呼び方はなんでもいい。なるほど、俺たちに、お前も何かを愛することができる生き物だと。化け物というだけではないと。弱点があって、情があって、そのために、他人に利用されることも仕方ない生き物だと、そう、思われたかったんだろう？」

理解できない怪物から、理解のできる化け物へ。距離が近くなる。弱点が分かれば、それが利用しやすければ、どんな脅威でも、知能ある生き物は、それらを支配下におくことができる。

レナージュは手を退け、ギュスタヴィアに顔を向けた。その目には嫌悪、憎悪、この世のどんな生き物、対象に向けるよりも強い厭忌《えんき》の念が籠っていた。

「そんなに俺に、愛されたいか」

吐き捨てる。忌々しい。この世で最も、醜くおぞましい存在から情を向けられる気持ち悪さ。

レナージュは頭を振った。

「笑えて仕方がない。呆れて仕方ない。お前が生まれてからずっと俺がどんなに、お前に怯えていたか。お前の封印が解けたと気付いてから俺がどんなに恐怖に苛まれていたか！　そんな必要は何一つなかったんだ！　お前は、俺がどんなことをしようと、俺を憎めない！　残念だったな、ギュスタヴィア！　あの女はお前の手を取らず竜になった。あの女はエルフの敵だ、害意だ。さぁ殺せ。俺はあの女の死しか願わないぞ」

お前の望んだ幸せなど、一つも叶わない。

レナージュははっきりと、ギュスタヴィアに突き付けた。もし、本当に、本当にギュスタヴィアが、これまでずっと、レナージュが信じて恐れてきたような怪物であったのなら、こうはならなかった。本当に、真に、ギュスタヴィアが怪物で、その心を救ったのがあの女、イヴェッタであったのなら。２人を保護することがこの国にとって正しいことであるのなら、レナージュはこうも、心を狂わすことなどなかった。

だが、違った。

ギュスタヴィアは、よりにもよって、あの化け物は、自分に、兄に、このルカ・レナージュに「愛されたい」がために、これまでの何もかも。おぞましい行為の何もかもを行っていて、そして、自分が化け物ではないと思われたいために、イヴェッタ・シェイク・スピアという女を選んだ。

レナージュは気が狂うかと思った。狂ってしまいたかった。

なんだそれ。

なんなんだ、それは。

「なぜそこまで、私を拒絶されるのです」

ぽつり、とギュスタヴィアが問う。銀の髪に黄金の瞳の、この世で最も美しい姿かたちとはこのことだと思える存在。無表情にこちらを見ている、その瞳には光がない。

あぁ、ほらな。と、レナージュは指をさしてやりたかった。

背後では神の茨。竜の雛が育まれるゆりかご。その中にいるのは、お前が最も愛していると嘯《うそぶ》いた女が、お前に殺されるのを待っているというのに、お前は今、その愛すべき女に背を向けて、求めているのは兄からの言葉。

「私は、私の能力は、有益です」

「あぁ、そうだな。戦闘帝ギュスタヴィア。お前がいれば役に立つことは多い。だが、お前に飴をやる必要があるのか？　俺に愛されたくて必死でしょうがない奴に、なぜ飴をやって、頭を撫でてやる必要が？　俺はこんなにも、お前のことが気持ち悪くて仕方がないのに」

はっきりと言った。

レナージュは、根本的に、生理的に、このギュスタヴィアが「嫌」なのだ。

「例えば、腐臭を撒き散らし、蛆《うじ》だらけで体が腐り垢や汚物に塗れた醜男《ぶおとこ》を、なんの負の感情も抱かずに引き寄せて口づけができるか？　無理だろう。俺にとって、お前がそうなんだ。そんな奴に、執着心を向けられ、愛情を乞われる者の気持ちが分かるか？　分からんだろう。そんな者を恐れるしかなかった者の滑稽さなど、もっと分からんだろう」

長年にわたり積もり積もった感情を、吐き出せてレナージュは清々した。

父を殺され母を焼かれ。国を散々混乱させられて、自分が王位に就いた、就けたのは、この化け物の「おかげ」だった、などと、全く以て、馬鹿にしている。

レナージュはここで逆上したギュスタヴィアに殺されてもよかった。お前が必死に愛されたかった兄を、結局殺すのなら、最高の仕返しができると思った。だが、こんな言葉を投げつけられても、こんな扱いをされても、憎しみの目の一つも向けられずに、ただ佇んでいるギュスタヴィアを、レナージュはますます、嫌悪した。

「話の途中に割り込んですまないが、誰だって、愛されたいと願うのは当然だろう？　それが、肉親であればなおさらだ。——それの、何が悪いんだ？」

沈黙の続く兄弟の間に、割って入ったのは、この場にいる唯一の人間種の声。

金色の髪に、青みがかった緑の瞳の、美しい青年。

「……」

「……」

2人の長寿種に胡乱《うろん》な視線を向けられ、ウィリアムは軽く眉を跳ねさせる。少し悩んで、ウィリアムは銀髪の男の方へ進み、頭を下げた。

「私はルイーダ国、第三王子ウィリアム。闘技場の中にいるイヴェッタ・シェイク・スピアを救いたい。力を貸していただけませんか」

「……」

「私は、今何が起きているのか。何一つ、分かっていない。だが、お2人の話は聞こえた。あの中にイヴェッタがいるのだろう。そして、あの状態のイヴェッタは、この国にとって有害なのだろう。貴殿は、国のためにイヴェッタを殺すのだろうが、どうか、彼女の身柄をルイーダ国に引き渡していただけないだろうか」

ルイーダ国は今、混乱している。年頃の貴族の子息令嬢たちが皆、得体の知れない呪いにかかった。死ぬことのない呪いは、その後変化し、目覚めることがない呪いとなった。体が徐々に赤い鱗に覆われて動かなくなっていく、そんな呪いが、王都の貴族たちの間で流行り始めている。

王宮では国王派と、貴族派が対立していた。貴族派は事の発端は魔女イヴェッタだと言い、イヴェッタを連れ戻しこの国で処刑しなければ呪いは解けないと主張した。国王派はそんなことはただの妄想だと一蹴したものの、イヴェッタを神に愛された花であると主張している故に、イヴェッタを連れ戻し神の奇跡が起これば、呪いが解けるのではないかと考えていた。

ウィリアムは、どういう経緯か分からないが自分がイヴェッタの前に現れることができたのなら、彼女を国に連れ帰ることが自分の使命だと、そう考えていた。

「……イヴェッタを追い出したのは貴様では？」

「あれは……っ、出ていけ、とは、言ったが……本気で出ていくとは、思わなかったんだ！」

「彼女はもう貴様の国の民ではない。貴様の国のことなど、彼女には関係のないことだ」

「だが、家族がいる。イヴェッタの母は王宮に滞在しているし、スピア伯爵、２人の兄、領地の民を、イヴェッタは見捨てられるだろうか」

「ハッ、家族など。──なんの意味がある」

「私や貴殿は得られなかったが、イヴェッタは、スピア伯爵夫妻は、お互い慈しみ合っている」

それは尊いものだろう、とウィリアムは告げた。

ギュスタヴィアは目を細めた。何を考えているのか分からない男の無表情からの沈黙は、ウィリアムを内心焦らせる。状況が、本気で分からない。エルフの王族らしい兄弟。兄が弟を一方的に言葉で殴り続けているのは、ウィリアムの人生には全く関係ないだろうが、しかし、聞いていていて気分の良いものではなかった。

愛されたいと願って、切望して、足掻いて何が悪いのか？

母に、父に、異母きょうだいたちに愛されたいと、ウィリアムも願っていた時期がある。必死に勉強し、褒められようと努めた。我がままを言わないように、周囲に眉を顰められることのないように、歩き方から、呼吸の仕方、指先の角度の一つまで神経質に気にして生きていた。

愛されることがないと、気付いた時の絶望を、エルフの兄の方は想像することもないのだろうか？

周りの同じ年頃の子どもたちが、当たり前のように親に抱きしめられ、愛情を込めた声で名を呼ばれるのを見て、自分はそれを一生得ることはできないのだと感じた「寂しさ」を、ウィリアムは知っている。周囲が、世界が愛に溢れている中で、自分だけはそれに触れることができないのだと孤独を感じる残酷さ。

『ウィリアム様って、いっつも、あの伯爵令嬢のことを目で追っていらっしゃいますね』

学園で、そう話しかけてきた男爵令嬢の言葉。きっかけは、そんな一言。マリエラ・メイ、男爵令嬢。彼女を愛していた。いや、正しくは、彼女が愛してくれるから、彼女を失いたくなかった。けれど向けられていた愛は、存在せず、ウィリアムは、自分は決して誰かに愛されることがないのだと再確認させられただけだったが。今は、そんなことは、もうどうでもいい。

「……イヴェッタを救いたい、などとは……身勝手なことを。彼女が、あぁなったのは、貴様のせいだというのに」

「原因と責任があるのならなおさらではありませんか」

「なら責任を取るために、一人で行き、一人で死ね」

「イヴェッタは私に惚れているので、それは望まないと思うが」

は？

と。面白いくらいに、目の前の銀髪のエルフが顔を歪めた。

「戯言と聞き流すにはあまりに妄言に過ぎるが？」

「事実だからな。イヴェッタ……幼い頃一度だけ会った時には、お互いイヴ、ビリー、と愛称で呼び合った仲。あいつは僕に惚れているんだ」

嘘、ではない。

父テオとの謁見から、段々と昔の記憶。霞がかっていた過去の記憶が鮮明になってきた。思い出せてくる、思い出してくる。彼女のこと。12年前のお茶会で起きたこと、起きる前に、あったことの何もかも、ウィリアムは思い出しつつあった。

「……万に一つも、そのような事実はない」

「言い切れるか？　僕は、イヴェッタに『顔が好みです』と選ばれた王子だぞ」

ガーン、と、ギュスタヴィアが何か打ちのめされたかのようにショックを受けた。

「いや、そんなはずは。以前、私の顔も貴様の顔も好みではないと……」

「なんだ。貴殿は、イヴェッタが好きなのだな」

ぶつぶつと言うギュスタヴィアに、ウィリアムは笑った。

「先ほどの話から、イヴェッタを利用するためにフリをしていたのだと思ったが、なんだ。貴殿は、ちゃんとイヴェッタに、惚れているのだな」

「……」

「まぁ、申し訳ないが、イヴェッタは僕に惚れているわけだが」

「ほざくな」

ザンッ、と、ギュスタヴィアは剣を振るった。剣圧で闘技場の入り口を覆っていた茨が吹き飛ぶ。ザワザワとすぐに再生し塞がるだろうが、猶予はあった。

「彼女に問いただしてみましょう。私と、貴様のどちらが夫に相応しいか……！」

「まぁ、同じ種族で両親も同国にいる僕だと思うが」

「さっさと来い！」

すたすたと闘技場に入って行くギュスタヴィアに促され、ウィリアムも歩きだした。

◆◇◆◇◆

闘技場の入り口の茨を薙《な》ぎ払い、通路を塞ぐ茨を燃やして灰にし進むギュスタヴィアとウィリアム。道すがら、ギュスタヴィアはウィリアムに問われる通り「神の切り花」とその孵化のシステムについて語った。

竜のこと。世界を滅ぼす七つの罪について。それを抑え込む人の美徳の楔について。少しの質問をはさみながら、ゆっくりとギュスタヴィアの話を飲み込んだウィリアムは、「一度は神々に背をそむけながら、結局は、貴方一人を助けるために、彼女は再び神に縋ったのです」と、そう聞き終えた後に、ただ一言「そうか」とだけ呟いた。

「それだけですか？」

「色んなことが、最近、僕には『知らなかったのか？』と突きつけられる。だが、多分まだ足りないのだろう。まだ、もっとも多くのことを、僕は知っていなければならなかったのに知らずにいて、これからどんどん僕の前に投げ出されていく気がする。——僕はまだ、驚いたり、悔んだりするのはきっとまだ、早いんだ」

そう言うウィリアムの言葉に、今度はギュスタヴィアが「そうですか」と答えてしまった。言ってから、ギュスタヴィアは自分がどうも、この人間種の矮小《わいしょう》な男のことを気にしていると自覚した。イヴェッタの元婚約者、自分の知らない彼女を知っているからというだけではない。

レナージュと自分の間に入った時に、この人間種の王族が言った言葉こそ、ギュスタヴィアにとって、最も意味のある言葉であったからだ。

『誰だって、愛されたいと願うのは当然だろう？』

あっさりと吐いた言葉ではなかった。あの時のウィリアムの横顔を見たギュスタヴィアは、この男が自分と同じ苦しみを抱えて生きてきた者だと理解した。顔を歪め、苦し気に、「愛されたことのない立場でい続ける者」にしか分からない痛みを堪えながら吐き出された言葉だった。

だからこそ、ギュスタヴィアは驚いた。

なのに、言えるのか。そう言えるのか。

誰だって、愛されたいと願って当然だと、愛されたことのないウィリアムが言った。愛されないのは理由があると、諦めずにいていいのか。己のような生き物が願ってもいいのかと、そのように、ギュスタヴィアは「当然だ」と言われたからこそ、戸惑っていた。

しかし、それはそれとして、イヴェッタに惚れられているというのは戯言であるが。

途中、絡め取られているエルフたちを助けようと言い出したのはウィリアムで、嫌な顔をしたのはギュスタヴィアだった。

「貴殿の国の民だろう？」

「この闘技場にいる屑共はイヴェッタが魔獣に嬲られるのを観にきた者どもですよ。なぜ助ける必要が？　彼女の養分となって少しは役に立つべきでは？」

「養分になったら、イヴェッタは竜になるのだから駄目に決まっているだろう」

「駄目ですか？」

「……逆になんでいいと思うんだ？」

「闘技場に集まったエルフを全員養分にしたところで成体になるには足りませんから」

本来は神々の力を乞い「憤怒」の感情を引き金に身を焦がし、鱗で徐々に体を変質させ竜になるものを、体中の魔力が枯渇しギュスタヴィアの魔力でなんとか吹雪くことを先延ばしにしていた。それがエルフの数千人程度飲み込んだところで、どうだというのか。

しかしウィリアムは「じゃあいいか」とはならなかった。魔法の炎で茨を焼いてエルフたちを助けようとする。

「あぁー！　お待ちくださいませ、お待ちくださいませ！　お止めくださいませ！　困ります！　困ります！　勝手をされては困りますー！」

と、そのウィリアムに待ったをかける声。

白いシャツに紺色のベスト、白いズボンに小さな靴まで履いた、二足歩行している猫である。

可愛らしいな、とウィリアムは微笑ましく思ったが、ギュスタヴィアは足元をちょこまかするその小動物を蹴り飛ばした。

「また貴様か」

「お、おい！　貴殿、こんな小さな生き物に何をする！！？」

ウィリアムは派手に飛び茨に飲み込まれそうになった黒猫を抱きとめ、ギュスタヴィアを非難した。

小さかろうがその一見人畜無害そうな小動物は冥王の使いである。懇ろに扱ってやる必要というのが一切ない。冷たく見下ろすギュスタヴィアの視線から隠すように、ウィリアムは猫を胸の中に強く抱いた。猫はうっとりと目を細めて喉を震わせた。

「あぁ、やはり。おやさしいお方。ビリーさま。お懐かしゅうございます。こうして再びお会いできましたこと、わたくしめは望外の喜びにございます」

「……すまないが、僕は君に覚えが」

「えぇ、えぇ、そうでございましょうね。そう何もかもが改竄《かいざん》されたのでしたね。けれど、わたくしめは覚えておりますよ。あの残酷な人間種の少年、こうしだなんだと呼ばれる男の子が、まだ赤ん坊だったわたくしめを、わたくしどもきょうだいを嬲っていたのを、食べるためではなくて、玩具にして嬲っていたのを、姫君さまと一緒に助けてくださったおやさしい王子さま」

ぎゅうっと、黒猫はウィリアムにしがみ付く。

体は無残に引き裂かれどうしようもありませんでしたが、わたくしめは冥王様のお慈悲により、冥王様の使いに取り立てて頂けました。

そう語る黒猫。

12年前のお茶会。いくら子供だって、本を奪われた程度で心に強い憤怒の念など湧くものか。剣を手に取り戦う心を持った伯爵令嬢が、いくら自分のお気に入りとはいえ、たかが本を取られた程度、なんだというのか。自分のために怒るような性質の子供ではなかった。心が燃え自分を薪にしてもいいと思うほど強い憤りを感じた理由。たかが本であったわけがない。

「姫君さまはおやさしいお方。こうしの無残な亡骸をみて、それでも我らへの無慈悲な扱いに重きを置いてくださいました。駆け付けた老人に詰られても姫君さまはこうしを許しませんでした。そうして、老人が怒鳴り付けた言葉を、わたくしめはよく覚えております」

お前が裁くな。お前は許せ。お前が許せなければ何もかもが死んでいく。

「怒鳴り付けられ、姫君さまはいっそう強く燃え上がりました。ふざけるなと、吠えました。わたくしどものために、怒ってくださいました。わたくしどもの感じた恐怖を、痛みを思って、泣いてくださいました。そうして、あの老人めは、ビリーさまを盾になさいました」

そこで黒猫は言葉を区切った。埋めていた顔を上げ、目を瞬かせる。

「こうして茨に覆われた姫君さま。やはり、ビリーさまのために選ばれたのですね。あぁ、ですから、なりません。お止めください。この茨を傷付けてはなりません。茨は姫君さまの御心でございます。中には、姫君さまの隣にはおそろしい魔女がおります。進んではなりません」

「魔女とはウラドのことか」

黙って猫の話を聞き、自分の知識と引き合わせていたギュスタヴィアが口を開いた。

「あれは魔女だったのか？」

「わ、わたくしめに細かなことは分かりかねます」

「すまない、僕には誰の名か分からないが……それは、闘技場で僕とイヴェッタに魔物をけしかけた女性だろうか」

「そうでしょうね。私はその現場は見ていませんが、目的がイヴェッタを祈らせることなら、兄より主犯はウラドでしょう」

「一体なんなんだ？　そのウラドという女性は」

「エルザードを作った吸血鬼ですよ」

さらり、とギュスタヴィアが答えた。大公ウラド・エンド・スフォルツァ。ギュスタヴィアがレナージュの時代の戦闘帝と呼ばれた存在なら、ウラドはその先代に当たる。エルザードで最も長く生きている存在で、かつては最も強い権力と派閥を持っていた。それがどこぞの人間種の平凡な男に懸想して「普通になろう」としたらしい。無理無謀の極みでしかない願いは、男を異端と燃やした人間種の愚行と、高貴な者が穢れた人間種になどと嘆いたエルフたちにより無残に散った。

人間種の国を二つ三つほど一夜で滅ぼして、恋した男を裏切った人間種たちを自身の屋敷に引きずり込み、皮や肉や血で何をしていたのかなどギュスタヴィアには興味のないことだ。

「……そんな恐ろしい女性が、イヴェッタの側にいるのか？」

「私の方が強いので問題はありません」

「……それはつまり、貴殿もその気になれば一夜で国の一つ二つ滅ぼせるということか⁉」

「ハッ。何を今更」

ギュスタヴィアは鼻で笑う。

ウィリアムは自分のことをただ顔の綺麗な恋敵だとでも思っていたのか。

「そんな恐ろしい男が傍にいてどうです？」

「どう、とは？　はっ、まさか貴殿……僕がイヴェッタに惚れられているのが気に入らないから血祭りにあげるのか⁉顔の皮を剥がす気か⁉」

「その発想はありませんでしたが、」

「なんという恐ろしい男なんだ‼」

「ははははは、剥がされたいのですか？」

ぎゅうっと、黒猫を抱きしめてウィリアムはギュスタヴィアから数歩距離を取った。これまで散々、化け物だおぞましい存在だと罵られてきたが、ウィリアムの反応はギュスタヴィアの心を毒さなかった。

「しかし、それで。イヴェッタの心だというこの茨をこれ以上傷付けずに進むのは、さすがの私にもやや……難しいものがありますね」

ウラドや過去のことなど、考えるべきことはまだ多くあるが、現時点での問題に戻る。

イヴェッタは自分に殺されることを望んでいる。そして、その願いをギュスタヴィアが叶えてくれると信じているのだから、心を傷付けて進んでも構わない、ということだろうか。

「……」

ギュスタヴィアは嫌な気持ちになった。

なぜ、イヴェッタはいつもそうなのだろう。簡単なことが分かってない。

「茨を傷付けずに進む方法はないのか？」

暗い思いに囚われそうになったギュスタヴィアと対照的に、ウィリアムは前向きだった。抱き上げている黒猫に視線を向けて尋ねる。

「と、おっしゃいますと？」

「君はこの茨を傷付けられると困る、と言っただろう。だが僕たちはイヴェッタに会いに行きたいんだ。だから茨から進めないと困る。助けてくれないか？」

「……それは、そのう」

「僕は、これまでイヴェッタの心を散々傷つけてきたようだ。これ以上は傷つけたくない。どうか、頼む」

「……ビリーさまが、おっしゃるのなら」

しぶしぶ、と黒猫は承知した。

ひょいっと、ウィリアムの腕から飛び降りると、ふりふりと長い尻尾を動かす。頭の上の耳がひょこひょこと揺れた。それで何が起きるのか、と見ていると、くるん、と宙返りをした黒猫の体から、コロン、と落ちる。ランタン。

「……内緒でございますよ。秘密でございますよ。これは、冥王様から、頂いた品でございますよ」

こそっと、この空間で小声になる意味があるのか不明だが、黒猫は内緒話をするように声をひそめた。

「このランタンの中で茨の花を燃やしますと、姫君さまの夢の中へ入れます。夢を進んだだけ、茨の中を進めるのでございます」

冥王様は、眠る姫君がお寂しくないようにと、わたくしめがお相手をつとめるようにとお渡しくださいました。そう言う黒猫の耳はぺたん、と垂れている。

「冥王様は大変ご恩のあるお方にございます。ですが、ビリーさまは、わたくしめにとって、どのような方とも比べものにできぬお方でございます。そんなビリーさまにお願いされては、わたくしめは、何もかも差し出す以外に報いることができませぬ」

しかし、冥王への裏切り行為に他ならないと黒猫の罪悪感。ウィリアムは再び黒猫を抱き上げた。

「君に罪などない。悪いのは私だ。このウィリアムが、君の善意を願ったんだ。いつか、冥王の元へ行くことがあったら、死後だろうが、その時は、きちんと、君が何も悪くなかったことを説明するよ」

言うと黒猫は少しだけ笑ったようだった。

「お優しいビリーさま。だいすきでございます。わたくしめだけではなく、あの日、潰されたいもうとや、落とされぐちゃぐちゃになったおとうと、矢をいっぱいに突き刺されたあにや、袋の中でたたきつづけられたあね、皆がみんな、ビリーさまと姫君さまに感謝しております」

「……冥界には君のきょうだいたちがいるのかな？」

黒猫は答えなかった。ただ、しょんぼりと耳を下げたまま、ウィリアムの腕からひょいっと降りた。一度ぺこり、と頭を下げて、そうして地面を足で叩くと、ぱっくりと地面が割れて中に飲み込まれていく。

残されたウィリアムとギュスタヴィアはお互いに顔を見合わせた。最初の方のウィリアムの言葉ではないけれど、まだまだ知らないことが、今この状況だけでも多すぎた。驚き、推理し、嘆くのはまだもっと先にした方が、きっとよいのだろうとその一致。

ウィリアムが茨についていている白い花を燃やした。小さな花弁の、愛らしくもある花。こういう茨は毒々しい薔薇だろうかという思いとは裏腹に、あちこち見渡した茨の中に一つだけ咲いていたのは小さな白い花だった。

ぼうっと、ランタンの中で花が燃える。

ぐらり、と視界が揺らいだ。炎のように揺らめいて、動いて、変わって、移っていく。

「……」

「……ここは」

何度かの揺れに吐き気のようなものが若干込み上げてくるくらいの微妙な時間、急に周囲が明るくなって、パッ、と変わった。

白い建物があちこちに並び、長い廊下。青々とした芝生の生い茂る中庭。行き交うのは、同じ服を着た年頃の子息、息女。貴族の子どもたち。

「……その装いは？」

「貴殿も、ははっ、貴殿、に、似合っているな！　案外！」

ギュスタヴィアが目で指したのはウィリアムの服装だった。ルイーダ国の、貴族の子供たちが通う魔法学園の伝統的な制服。男子生徒のもの。

懐かしい、卒業したはずの学び舎の制服である。ウィリアムは自分だけではなく、目の前の長身のエルフもそれを着ていると指摘した。イヴェッタの夢の中、学園であるので、違和感のないように、その中の登場人物に相応しいようにという装いの変化だろう。それは冥王のランタンの効果か。

「……なるほど」

なにがなるほどなのか分からないが、ギュスタヴィアは呟き、ひょいっと指を振った。すると、長く美しい銀髪は短く切った黒髪に、黄金の瞳も同じ黒に変化した。

「どうです？」

「その配色の意図はなんだ⁉」

「いえ、別に。そう言えばどこぞの街で見かけた、イヴェッタが関心を示していた男の配色がこんな感じだった、などということではありません」

「意図しかないじゃないか⁉」

「些事です」

しれっとギュスタヴィアは言って、周囲を見渡す。

「私は人間種の文化にあまり明るくありません。その上300年埋まっていましたので、なおさら。イヴェッタの過ごした環境に興味があります。あちこち見て回ってきますよ」

「あっ、こら！　勝手に行くな！」

見知らぬ場所のはずなのに、妙に堂々とした足取りで歩くギュスタヴィア。ここはイヴェッタの夢の中だ。何か騒ぎでも起こせばイヴェッタの精神に影響が出てしまうのではないか。そんなことを考えたウィリアムは自由奔放なエルフを止めようとするが、その背後に衝撃。

「っ⁉」

「ウィル！　ねぇ、どうしたの？　珍しいわね、こんなところにいるなんて！　お昼休みよ？　生徒会室に行かないの？」

どん、とぶつかってきたのは女子生徒。

栗色の髪に、明るい色の瞳。愛らしい顔の、小柄な男爵令嬢。

「……マリエラ・メイ男爵令嬢」

「もうっ、マリエラって呼んでくれるって約束したじゃない？　それとも、やっぱりあたしみたいな元平民の女は、名前で呼んで、友達だって周囲に誤解されたくない？」

これは、イヴェッタの夢の中のはずだ。なのになぜ、マリエラがいるのだろうか？

イヴェッタは卒業式の後のパーティーのその時まで、マリエラの存在を認識していなかったと、そう本人が言っていた言葉を思い出す。

夢の中。学園生活が繰り返されている。のではない？

ウィリアムは舞台、お芝居を思い返した。お芝居は、舞台の上で演じられるものが「観客」が見ている全てだ。しかし、物語の中ではその「舞台」に立たない間の登場人物たちの生活や会話があって、舞台に上がった時の「ほんの一握りの場面」だけが観客に知らされる。

これはつまり、それと同じなのだろうか？

夢の中が進めば、茨の中も進めると黒猫は言っていた。つまり、この「学園生活」の「舞台」が進めば、イヴェッタに近付ける。

学園生活の終わり、それは卒業と、そして、ウィリアムが突き付けた婚約破棄が起こる、パーティーだ。

「もう、ウィル？　どうしたの？」

ぎゅうっと、マリエラは胸に押し付けるようにウィリアムの腕を抱き、きょとん、とした顔で見上げてくる。愛らしく無邪気で、そして健気な少女の顔。ウィリアムの心の中に愛しさと懐かしさが湧き上がってきた。

肌に感じる気候から、今は春の時期。自分は最高学年である3年生になり、マリエラとは同じクラスになった。

「……いや、なんでもないんだ。マリエラ」

「そう？　何か悩みがあるならいつでも言ってね？　あたしはウィルの味方なんだから。うぅん、あたしだけじゃないわ。グリムもカティスもランドルもよ？　ウィルは一人じゃないんだから」

にこりとマリエラが微笑んだ。ウィリアムは夢の中とはいえ、彼女がこの頃自分に向けてくれる眼差しや愛情に再び触れることができて、心が華やいだ。マリエラはいつも、ウィリアムの一挙一動を気にかけてくれた。そしてその時に最適な言葉や対応をしてくれた。これまでウィリアムはここまで自分に関心を持たれたことがなく、マリエラの気遣いはウィリアムに男としての自信を与えてくれたのだった。

（……僕は、今でも君を）

「ウィル？　ねぇ、やっぱりどこか変だわ。本当に、どうしたの？」

黙ったままのウィリアムをマリエラが心配そうに見つめる。この頃の、いつも通りのウィリアムであればマリエラの言葉に喜び彼女を抱きしめたり、口づけしたりしたのだったか。

……冷静になると、学園内で婚約者でもない女子生徒相手に、自分は何をしていたのだろう。

「ウィル？」

「……いや、なんでもない」

再びウィリアムはマリエラの問いに首を振った。それをじぃっと、大きな瞳で見つめるマリエラが何を考えているのか、ウィリアムには今でも分からない。

「……ねぇ、ウィル。あたしね、いま少し……困っていることがあるのよ」

「何かあったのか？」

「……ほら、あたしは……今は男爵家の養女に迎えられたけど、元々は平民でしょう？　それを、あんまりよく思ってないご令嬢の方がいらっしゃるみたい」

正確には元平民でなく、君は公爵令嬢。それも王家より財力があると言われたキファナ公爵家のご令嬢だったな、などとは、ウィリアムは夢の中でもマリエラに言ってやることができない。そんなことを言えば彼女はどんな顔をするだろうか？

……マリエラは、僕を、王家を憎んでいる。それは、マリエラの家族を助けなかったからだ。ウィリアムにはマリエラの王家に対する敵意は正当なもののように思えた。そのために自分に近付き、欺いていたとしても、ウィリアムはマリエラを憎めない。

「誰だ？　その心の醜い女は」

「……」

この頃、そんな相談をされただろうか？　覚えがなかった。夢の中。それもイヴェッタの夢の中の世界だ。実際とは違うことがあって当たり前だが、ウィリアムはイヴェッタの記憶の中なのにマリエラがいて、自分にこんなに近しい位置にいることに戸惑いがあった。

これは本当に、夢の中なのだろうか？

「誰かは、分からないの。でも、ウィルや生徒会のメンバーがいない所で……女子生徒だけの集まりがあった時や、休み時間に、ちょっとした嫌がらせを受けるの」

この会話には覚えがあった。いつも笑顔を向けてくれるマリエラが沈んだ顔をしていて、どうしたのかと聞くと、このような話を打ち明けられた。

その時の自分は激高して、王子である自分が心から愛している存在に無礼を働く者がいるのかと、そしてマリエラを傷付けるものを自分が罰してやることができる、マリエラが頼ってくれた、という優越感に浸っていた覚えがある。

（……いやいや、馬鹿なのか、当時の僕は）

マリエラ・メイは確かに元平民という表向きの顔を、この当時の自分や周囲は信じていた。けれど、よくよく思い返してみれば、この最終学年、3年生。マリエラが入学して2年経っている。何を今更「元平民」だと「嫌がらせ」をするご令嬢がいるのだ。

最初の頃こそ、あるにはあった。しかし、ウィリアムは思い返してみる。マリエラは才女だった。努力家であることは実際疑いようのないことで、成績は常にトップクラス。それであるので成績順に分けられるクラスでウィリアムと同じクラスになったのだ。

優秀な成績を2年間残し続け、さらには王族である自分や将来国の中心部で働く有力な貴族の子息らとも生徒会で交友のあるマリエラに、今更嫌がらせなどする令嬢がいるものか。貴族の令嬢はそこまで暇ではなく、卒業後の自身の地位を固めるための交流、自分にとってプラスになることを行う時間はどれほどあっても足りないものだ。

そんな自分の将来のための行動を後回しにしてまで、「元平民」を害する方が重要だと判断する者がいるのか。我が国の貴族令嬢はそこまで頭が悪い、とマリエラは言っているのか。

……いや、当時のウィリアムとて、この思考を持たなかったわけではない。だが、この当時のウィリアムは、マリエラが実際に今も嫌がらせを受けているとそれを信じた。

なぜなら。

「……もしかしたら、イヴ。あっ、もう、イヴって呼んだら怒られちゃうよね。スピア伯爵令嬢かも」

マリエラは、自分に近付いた当初「自分はイヴェッタの親友だ」と、そう言ってきたのだ。

「……あたしがウィルと仲良くしたから、イヴ、スピア伯爵令嬢は怒って、絶交して、もうあたしのこと知らない人間みたいに扱うけど……きっとまだ怒ってるのよ」

入学当初、ウィリアムはどうしてイヴェッタが自分に挨拶をしてきてくれないのか不思議だった。学園内ではやっと、会うことが許され交流が始まると期待していたのに、イヴェッタは一向にウィリアムを訪ねてこなかった。ウィリアムがいる場所は誰かに尋ねればすぐに分かる。もしや、自分が想像と違ったから会いたくないのだろうかと不安に思うウィリアムの前に、ある日、マリエラが現れた。

イヴ、と、彼女が昔こっそり教えてくれた〝親しいひとに呼んでほしい名前〟で呼ぶマリエラ・メイをウィリアムは信じた。


「そんなわけないだろう。馬鹿か僕は」

生徒会室に連れて行こうとするマリエラをなんとか断って、ウィリアムは校舎裏に逃げ込んだ。段々と生徒会室に近付くにつれて、妙な予感がしたのだ。

ここは夢の世界。

……自分も、ウィリアムも、「いる」のではないか？　そんな予感。生徒会室に人の気配と、笑い声がした。自分の声が、その中にあるような気がした。

ここで自分と遭遇してしまったらどうなるのだろう？

ウィリアムはこの世界から弾き飛ばされると、そう判断した。夢の終わり。全く進めなかった身は、茨の中に放り投げだされて、鋭い棘に刺されて息絶える。そんな気がした。

「おや、ここにいましたか。人間種の王子」

「……貴殿か。観光は楽しめたか？」

ずるずるとしゃがみ込むウィリアムの頭上にかかる声。ギュスタヴィアだ。ウィリアムの嫌味に、美しい顔の青年は黒い瞳を細めた。

「それなりに」

「そうか」

「この世界は〝ルイーダ国〟までのようですね。国の外に出ることはできませんでした」

「……この短時間でそこまで見て回ったのか？」

「この時代、私は埋まっているはずなので、自分で起こしてみたらどうなるのか試したかったのですが、出られないようなので諦めます」

「……自分に会ったら夢から覚めるんじゃないか？」

「夢の中の自分に〝これは自分だ〟と認識されたら、そうなるでしょうね」

自分がここにいるのに、そこにいるはずがない、とそう認識されれば、夢が終わる。それは当然だとギュスタヴィアも頷く。けれど、そうでなければ問題はないと言った。

「今の私は耳の短い、どう見てもエルフにも鬼にも見えないただの顔の良い人間種の青年です」

「……」

「おや、お疲れですか」

「……恋人に会った」

「おや、それはそれは。羨ましいですね」

ギュスタヴィアは面白そうな顔をした。イヴェッタから、ある程度聞いているのだろうか。

「私は会えませんでしたよ」

「……？　国から出られないのだから当然だろう？」

ウィリアムは顔を上げる。そして、眉を顰めた。

「……そんなはずはない」

「なぜです？」

「いるはずだ」

「国中見て回りました」

「……そんなはずはない」

佇むギュスタヴィアの口元は笑みの形。ウィリアムの狼狽を見て笑っているのではなく、この男は既に答えを理解しているからと、その余裕。ウィリアムは否定したかった。

「ここには僕も、マリエラも……生徒会のメンバーもいる。その辺にいる生徒だって、親しい者ではないが、それでも、この頃この場所にいた者は、きっと問題なく全員、この世界に存在している。必要だからだ。配役として、必要な存在は、環境は全て正確に存在している」

その確信がウィリアムにはあった。完璧な舞台。スポットライトを当てられていなくても、その「時間」のために必要な何もかもは省略されることなく存在すべきだった。

なのに、そんな馬鹿なことがあるものか。

「えぇ、ですが、いませんでした」

ギュスタヴィアは繰り返す。

「この夢の世界に、イヴェッタはいません」

姿かたちがどこにもない。国中を見て探してもいなかった。ギュスタヴィアは断言する。それもそれ、何も、おかしな話ではない。

「誰かに認識されて初めて、〝他人〟と〝自分〟という檻ができるもの。この学び舎で、イヴェッタを認識し、意識し、彼女を一人の自我のある存在であると証明できる者は、どうやらいないようですね」

あるいはイヴェッタ自身が、自分をそう判じたのか。それはギュスタヴィアにも分からない。しかし、この夢の世界にいびつさはなく、ほころびもない。完全に、完璧な再現。世界が世界として成立している。イヴェッタはいなくても問題がない。

「しかし、これはどうもおかしな話。あなたの言葉通り、イヴェッタがあなたに好意を持っているというのなら、あなたを見つめるイヴェッタがいるかとも思いますが……いませんね」

「……」

「そしてあなたも、彼女が婚約者だと思っていたのなら、少しくらい彼女の痕跡がありそうなものですが……ありませんね」

ウィリアムは奥歯を噛み締めた。

この学園で、いや、学園の生徒たちがイヴェッタを「存在している、自分たちと同じ人間だ」と認識できるようなことがあるとすれば、それはただ一つ。

あの婚約破棄を突き付けたパーティーだ。

あの時、あの出来事でやっとイヴェッタはこの学園の生徒たちから認識された。たとえば、物語、舞台であるのなら、ウィリアムがイヴェッタを男子生徒たちに押さえつけさせ、大勢の前で断罪した。その瞬間、彼女はイヴェッタ・シェイク・スピアとして、読み手の中で「へぇ、これが、この物語の登場人物なのか」と理解し、認識されるように。

……この夢の世界が進めば、いずれ、婚約破棄の瞬間になれば、イヴェッタは姿を現すのだろう。そして、その瞬間から、彼女の夢が進むのか。

ウィリアムはショックを受けた。

つまり、イヴェッタにとってこの夢の世界の「今」は、彼女にとって。舞台袖でじぃっと見ているだけ。自分が飛び出す瞬間、断罪されるその瞬間まで、ただ、状況が整うためだけの、なんの意味もないものだと、そういうことなのか。

「…………僕にとっては、」

「どうしました」

「……僕にとっては、学園生活は……本当に、良い、思い出になった」

想像していたのとは違ったが、3年間本当に楽しかった。友人には恵まれ、成績を上げるための努力も楽しかったし、授業内容も充実していた。友人たちと、王室の身分を完全には忘れられないが、それでも、王宮にいるよりはかなり近い距離で接することができた。

毎日が楽しく、この3年間は自分にとって一生の宝だと、今でもそう思う。

それなのに。

「……イヴェッタは、あいつは……そうではなかったのか」

静かに暮らしていたとしても、学生生活に、楽しい思い出はなかったのか。

だとすれば、それは、どう考えても、僕のせいじゃないか？

「……貴殿は、容姿を変える魔法が使えるな？」

ウィリアムは立ち上がる。

「イヴェッタ！　今も、見ているのか?!　見ているんだったら……ちゃんと見てろよ!!」

ギュスタヴィアを無視して、ウィリアムは天高く声を張り上げた。

「僕がお前になって、僕と卒業パーティーのダンスを踊ってやる!!」

勇ましく言ったが、聞いていたギュスタヴィアが爆笑した。

「あはははっ、ははは！　なぜ、どうしてそうなるのです！」

「こんな世界あってたまるか！　学生生活だぞ!?　人生で、一度っきりしかない十代後半の学生生活を、あんな最後のためだけに垂れ流すとか、ないだろう！」

「そうさせた張本人がよくもまぁ！」

それはそうだ。

「その上、これは夢の中。お忘れですか？　現実でも、魔法で遡《さかのぼ》った過去でもありません。貴方が何をしたところで、なんの意味もないことですよ」

「……分かってる。だが、夢の中でくらい、楽しい思い出になったって、いいじゃないか」

「あなたの自己満足のために？」

「そうだ」

ウィリアムとて分かっている。自己満足。なんの意味もないこと。その上、イヴェッタを3年間無視し続けた自分が、今更何を足掻こうと言うのか。

だが、ただ黙って、婚約破棄を待つのは、それはそれで、恥知らずな気がした。

頭を下げると、ギュスタヴィアが思案した。何を考えているのか分からない黒い目に黒い髪の、見かけは彫刻のように美しい男子生徒の風貌。その青年は少しして、承諾の言葉を吐いた。

「僕のことは僕が一番よく分かってるんだ」

ウィリアムには勝算があり、そして打算もあった。

因果関係ははっきりしないが、とにかく現在のルイーダ王国では〝呪い〟が蔓延っている。イヴェッタと同じ年に魔法学園を卒業した貴族の子息子女たちが患った呪い。免れたのはウィリアムとマリエラだ。

なぜ自分とマリエラが無事だったか？　確証はないが、ウィリアムはこう推測している。

イヴェッタがウィリアムを想っていて、そしてウィリアムの愛した女性であるマリエラについても「殿下の想い人」だからと、そう幸福、あるいは祝福を祈ったのではないだろうか。

学園生活に思い入れもなく親しい友もいなかったイヴェッタ。ウィリアムとマリエラ以外の生徒が呪われようと何だろうと、イヴェッタにとっては興味のないこと、それゆえ誰も彼も呪いから逃れることができなかった、とすれば。

夢の中でも、イヴェッタに充実した学園生活、学園の者たちへの関心を感じさせれば、ルイーダ国に満ちている呪いを解けるのではないだろうか。

そんな打算と、そして国のための勝機がウィリアムにはあったのだ。

もっとも、その〝推測〟には穴が多すぎて、残される疑問や問題は多くあるのだが、当人も自覚しての通りウィリアムは自身が得ている情報が部分的に過ぎた。現状彼の前に提示されている情報を前向きに、誰もが救われる道をと考えた未熟な未来の為政者の思考で導き出せるのはこんなことだった。

「具体的にはまずどのように？」

「まずイヴェッタを、いや、この場合は僕なんだが。僕とウィリアムが過ごす時間を作る。このままではまともに口を利くのが婚約破棄の場という最悪の事態になるからな」

「……あなたは、実際そうだったのですか？」

「うん？」

「婚約者であるイヴェッタを、卒業式の後まで放っておいたのですか？」

黒髪のギュスタヴィアがやや、彼にしては珍しく驚いた表情を浮かべた。ギュスタヴィアはこの人間種の王子に対して、好意的な感情を抱いていた。孤独を知り、他人の思いを自分のことのように感じ取れる感性を持った好ましい青年。それがウィリアムへの自身が下した評価であったが、そういう人物がイヴェッタを蔑ろにしていたという事実。

婚約解消、どころか、一方的な婚約破棄を突き付けたことは知っていたが、まともな交流もないままということが、さすがにギュスタヴィアにしても驚きだ。

「……贈り物をしたり、手紙を出したりはしたんだが。いつも返事はなかった。イヴェッタの友人がそれとなくイヴェッタに僕のことを聞いてくれたが、僕に対してあいつは関心がないようだと」

「……矛盾していませんか？」

きょとん、とギュスタヴィアが首を傾げた。

「あなたは、イヴェッタが自分に『惚れている』だなどと戯言を抜かしていますが。贈り物や手紙をことごとく無視されてなぜそう思えたのです？」

「それは、無視するのはあいつが意地を張っているからだと」

イヴェッタは本当はウィリアムのことが好きで仕方がないのに、王族という立場を実際に見て気後れしていたのだ。学園内で過ごしているウィリアムの周りには有能で力の強い家門の子息たちが集まっている。そんな中に、大した家格でもないスピア家の令嬢が入り込むことはどうしてもできず、そしてウィリアムの迷惑になると交流を控えた。

「しかし、実際僕の周りの者たちは、イヴェッタを差別するような者たちではない。だから、イヴェッタを演じる僕が、積極的にウィリアムに近付けば、イヴェッタは僕の婚約者なのだからな。すぐに皆に受け入れられる」

ウィリアムは自分の周りの者たちは、最高の友人だと自負している。彼らと過ごすことがウィリアムにとっては何よりも楽しく、宝だった。その中にイヴェッタが入ることができれば、それは彼女にとっても最高の学園生活が約束されたことと同じだろう。

「おや、それはそれは」

ギュスタヴィアは微笑んだ。

黒い髪に黒い瞳だと、銀髪の神聖な印象の頃と一転する。まるで人が過ちを犯すのを、黙って見ている美しい悪魔のような、そんな印象。しかしウィリアムは自分の考えが過ちだとは微《み》塵《じん》も思わず、その微笑みを応援してくれているゆえのものだと、そう信じた。

◆◇◆◇◆

「あまりに礼儀知らずではないか、スピア伯爵令嬢。貴方はこれまで礼儀作法について最低限の教育も受けてこなかったのか」

昼食をウィリアムととろうとしたイヴェッタ《ウィリアム》の前に、ドンと立ちはだかったのはグリム・クリム。懐かしい友の健康的な姿に一瞬ウィリアムは泣きだし抱きしめようとしてしまったが、ここは夢の中の世界。ぐっとそれを堪えていると、まるで蛆虫を見るかのような目で、グリムがイヴェッタを見下ろし、そう言い放った。

「……は?」

「突然おしかけて、恐れ多くも殿下と昼食を共にしようなど。無礼にもほどがある」

「……私はウィリアム殿下の婚約者。食事を共にする理由があると思いますが」

門前払いをされる立場の者ではない。

ウィリアムはグリムは何か誤解をしているのではないかと心配になった。ウィリアムは周囲の者たちに、イヴェッタは自分の婚約者なのだという話をしていた。だからグリムが知らないはずもなく、こうして婚約者のイヴェッタがウィリアムに会いに来たのなら、気心の知れた側近ならイヴェッタを快く迎え、ウィリアムの元までエスコートするはずではないか。

なのに、今グリムがイヴェッタに対して発しているのは、ここから去れという威圧。敵意さえ滲み出ている。

「ハッ、形ばかりの婚約など。憩いの場にて、殿下にとって必要なのは心から安らぎと愛情を与えてくれる聖女のような存在。貴様ではないわ」

昼食をとるための休み時間はウィリアムにとって大切な時間。お前如きが邪魔をするな、煩わしいと、野良犬か野良猫でも追い払うような粗雑な対応。

しっし、と手を振られ、イヴェッタはショックを受ける。

……これは、実際にあったことなのだろうか。

イヴェッタは学園生活中、一度も自分を訪ねてきてくれたことはなかった。はずだ。だが、もし、こうして何かの気紛れで、あるいは……彼女が勇気を出して、昼食を、あるいは挨拶だけでもと、会いに来てくれた時、こんなことが、実際にあった、のだろうか。

「クリム伯爵令息。貴殿こそ、この対応はいかがなものでしょうか」

「……なんだと？」

ウィリアムはグリムが悪い男ではないと知っている。過ちに気付けていないのなら、気付かせてやればいい。確かにグリムはやや脳みそまで筋肉でできているのではないかと思う一面もあった。しかしいつだってウィリアムに忠実で、ウィリアムの言葉に耳を傾ける美徳を持つ好ましい青年だった。

背筋を伸ばし、ウィリアムは貴婦人として相応しい、感情を表に出さない完ぺきな表情を浮かべる。上着の内側には、令嬢として必須の扇子があり、それを優雅に手に持ち口元を隠した。

「わたくしはウィリアム王子殿下の婚約者となるべく定められた者です。1年後の卒業後には式を挙げ、王子妃となる者です。側近とはいえ伯爵令息の貴殿が殿下の確認もせず一方的に追い払うのは、あまりにも無礼ではありませんか」

過ぎた忠義心は主人の名に泥を塗る行為にもなる。ましてや王子妃は、側近になるグリムより地位が上だ。ウィリアムはイヴェッタの姿のまま、上に立つ者として振る舞う。

グリムはすぐに自分の過ちに気付き、丁寧に謝罪するはずだ。それをイヴェッタである自分は許してやればいい。そうすればグリムはイヴェッタを理想的な王子妃であると認め今後、丁寧に扱うだろう。

しかし。

「生意気な……ッ！　貴様程度の女が、殿下の婚約者であることを笠に……ッ！」

なぜかグリムは真っ赤になって激昂した。

「これまで通り黙って大人しく過ごしていればいいものを、マリエラが自分の地位を奪うやもと焦って出てきたのだろう！　家格も低ければ性根も卑しい女め……！　我らが愛すべき殿下を貴様などに近付けるものか！」

いや、近付けて!?

それを殿下（私）が望んでいるのだが！！？

どう考えてもグリムの反応はおかしい。おかしいのだが、本気で怒っているグリム・クリムに、か弱い伯爵令嬢であるイヴェッタの心が怯えた。体格の良い、背の高い男に怒鳴られて怖がらないわけがない。

（この体は、こんな声にも、こんなに体が竦んでしまうのか）

怒鳴られはしたが、実際それほど大声ではないのだ。奥にはウィリアムがいて、グリムはそれに気付かれないようにと意識している。腕で押さえつけられたわけでもなく、剣で脅されているわけでもない。それなのに、びくり、と体が強張り、震えた。

……卒業式後のパーティーで、イヴェッタはグリムに押さえつけられた。あの時、彼女はどんなに恐ろしかっただろうか。

そんなことを、今更ながらに考える。

「まぁまぁ、グリム。あまり怒鳴り散らすものでもありませんよ」

荒く息をするグリムの肩にぽん、と手を乗せる男子生徒。

「カティス……ノーチェブエナ公子」

「ご挨拶させて頂いた覚えはありませんが、私をご存知でしたか。スピア伯爵令嬢」

「あ、いえ。その、殿下のお側にいる方のお名前は……皆さん、存じております」

「それはそれは」

にっこりと微笑むのは、肩までの髪に、眼鏡をかけた青年。ノーチェブエナ公爵家の四男であるカティスだ。イヴェッタは内心ほっとした。穏やかでいつも微笑みを絶やさないカティスなら、イヴェッタに助け舟を出してくれるだろう。

カティスの微笑みにイヴェッタも微笑みを返すと、カティスはその穏やかな微笑みを浮かべた口元のまま、言葉を続ける。

「侮られたものですね。格下の家門の令嬢に、こちらが挨拶する前に名を呼ばれ発言されるとは」

すぅっ、と、瞳から光が消えた。こちらを侮蔑する高位貴族の目。

「ウィリアム殿下にもそのように気安く話しかけられるおつもりですか？　私の記憶が確かであれば、まだ殿下からお声をかけられていない貴方が、学園ですべきことはお声をかけられるよう、精進することだとばかり思っておりましたが」

いや、おかしいだろ。

僕《ウィリアム》は婚約者なんだが？

婚約者が何で通常の令嬢のように声をかけられるまで待っていないとマナー違反になるんだよ。

そもそも待っていたら卒業式までずっと僕は声をかけないんだが⁉

突っ込みどころが満載だ。

今のウィリアムは、つまり、婚約者として未熟で不格好。それであるのでウィリアムが声をかけない、認めていない、ということになる。

そんなこと全くないんだが⁉　あれ？　おかしいな⁉

僕はずっと、なぜイヴェッタが挨拶しにこないのか不思議だったんだが、もし実際のイヴェッタが挨拶をしにきても、こうして門前払いだったのか⁉

僕が声をかけない以上、周囲の言う「格下」のイヴェッタから接触できるわけがないだろうが!!

「……格下というのであれば、メイ男爵令嬢はどうなりますの？」

色々と衝撃的な事実が判明していくが、それでもイヴェッタは負けなかった。このまま実際の通りになっては、グリムやカティスが呪われる。今も王都で呪いに苦しんでいる友たちのために、ウィリアムはここで引き下がるわけにはいかないのだ！

「何？」

「なんだと……」

「メイ男爵令嬢は伯爵家よりも格下の家門です。その上、婚約者のいる殿下に、婚約者であるわたくしより近い距離で接するということは……いかがなものでしょうか。怜悧《れいり》なノーチェブエナ公子であればこのようなこと、当然お考えとは存じますけれど」

カティスはマリエラが接近してきた当初は「殿下には婚約者がいるのですから」と、マリエラを窘めてくれた記憶がある。分かっているだろう、という確認を込めて見つめると、眼鏡の奥の瞳にカティスが浮かべたのは、冷笑だった。

(あ。こいつ。マリエラの正体を……知ってたな)

キファァナ公爵家の財産の大半は王室に回収されたが、いくつかの事業を引き継いだのはノーチェブエナ家だった。

マリエラを「格下の家の娘」というイヴェッタの言葉に「何も知らない馬鹿な女」という目を向けるカティスに、ウィリアムはただただ黙るしかない。

気付けば周囲に生徒たちが集まっていた。

なんだなんだ、という好奇の目。

この日を境に、イヴェッタ・シェイク・スピアはウィリアムの婚約者であることが知られるのだけれど、同時に「婚約者の立場を振り翳し、有能な男爵令嬢を殿下の側から排除しようとした」「自分の無能さを棚に上げている」などという噂が流れるようになった。


遠目でイヴェッタ《ウィリアム》の姿を眺めながら、ギュスタヴィアは黒い髪をかき上げた。エルフたちにとって長い髪というのは長寿の証であり、強い魔力を溜めておく一つの魔術道具でもある。それゆえギュスタヴィアは首が露わになるほど髪を短くしたことはなく、新鮮で、そして身軽だな、と率直に感じていた。

「あなたは黒髪の方が好みだと思うのですが、似合っていますか」

校舎裏で再現される惨劇にはもう興味ないとばかりに視線を逸らし、ギュスタヴィアは小さな中庭の、屋根付きのベンチに声をかける。

ぺら、と、小さく紙を捲る音。木漏れ日の庭。

ギュスタヴィアはウィリアムに嘘をついた。

この国中のどこにも、イヴェッタはいないと言った。あれは嘘だった。

この中庭、小さな読書スペースの存在をギュスタヴィアは秘匿した。

ここにはイヴェッタの影があった。はっきりとした存在、ではない。影法師のような、儚い存在。学園内でつつがなく、自分以外の生徒たちが「無事に」「平穏に」「当たり前に」学園生活を送れている音を聞きながら、静かに本を読む影。

イヴェッタに扮しているウィリアムからすれば、この夢の世界でのイヴェッタの状況は過酷だろう。理不尽な扱い、周囲の無理解。謂れのない中傷。それらはイヴェッタにとっては木々のざわめき程度のもの。

ギュスタヴィアは膝をつき、ベンチの影に手を添える。

「何が起きても、あなたが誰も傷付けずにいられている日常を、あなたは愛していたのですね」

影は揺らぎもせず、沈黙している。ギュスタヴィアは目を伏せた。

ウィリアムは知るべきだと、ギュスタヴィアは思った。ウィリアムは「イヴェッタが努力しなかったから」彼女が弱い立場になったのだと、そう考えていた。

重要なのは充実した学園生活だと。イヴェッタも、学園生活を楽しめば良いと。歩み寄りさえすれば、努力すれば幸福な時間を過ごせるのだと。

それを証明してみせると。

「傲慢な」

ギュスタヴィアはウィリアムに好意的な感情を抱いている。

が、それと、ウィリアムがイヴェッタにした仕打ちについては、別問題だ。

「あなたにとって重要だったのは面白おかしく学園生活を送ること、ではなかったようですね」

誰も憎まず、恨まず、傷付けず、殺さず、誰の記憶にも残ることなく全て恙《つつが》なく平穏に。その口々を送ることができたら。

何もかも許し続けることができたら。

「あなたのその被り続けた仮面、私、大嫌いなんですよ」

あなた、本来そんな性分じゃないくせに。と、ギュスタヴィアは笑った。

そもそも、ギュスタヴィアは最初からイヴェッタのことを「大人しく心優しく無抵抗非暴力の優しい娘」だなどとは信じていなかった。

今も苛烈に、思い返せる記憶。

『あら、嫌だ。ごめんなさい。わざとじゃありませんのよ』

出会って僅かで、拳を握ってギュスタヴィアを殴り飛ばした女。

抵抗する生き物なのだと知らせたがった、苛烈な性格の女。

それが本来のイヴェッタであり、ギュスタヴィアが愛した本性である。

慎ましやかに穏やかに過ごす影を、ギュスタヴィアは踏み付けた。見下ろし、ドンッ、と、強く足蹴にする。

魔力を込めた動作は、周囲に罅《ひび》を入れた。ガラガラと、足元から崩れていく夢の世界。

「駄目ですよ。嫌ですよ。イヴェッタ、あなたはこんな微睡みの中で穏やかに死ぬような女ではないでしょう。全てを許し、諦め続ける夢の中で息絶えさせるなど、この私がさせませんよ」

歪む世界。崩壊していく景色の中で、ギュスタヴィアは一度目を伏せた。影は動かない。

しかし、次に目を開けた時。

景色は一変していた。

◆◇◆◇◆

「イヴェッタ・シェイク・スピア！　お前との婚約は今日限りで解消させてもらうぞ!!　……え？　あれ？」

豪華絢爛な、パーティー会場。大勢の着飾った、正装した貴族の子息令嬢。

美しいシャンデリアの下、引きずられるように連れて来られたのは黒い髪に白い神官服の娘。

「……ウィル、どうしたの？　ねぇ、大丈夫？」

「これは、いつの間に……」

卒業式後のパーティー。

これから始まるのは、嫉妬にかられた伯爵令嬢の断罪のシナリオが用意されている。

2人の騎士に押さえつけられた黒髪の令嬢は俯き、沈黙している。

「違う……イヴェッタ、これは……」

ウィリアムはイヴェッタに駆け寄ろうとした。しかし、その腕を側にいた少女が強く掴む。

「酷い、ウィル。あたしを裏切るの……？」

「マリエラ……違う、僕は。——何も知らなかったんだ」

困惑するウィリアム。ごちゃごちゃと、2人のやり取りを周囲が怪訝そうに眺めている。

ウィリアムは状況が分からなかった。いつの間にか、一気に時間が進んだ。何も改善できなかったのに、婚約破棄のあの場面になってしまった。

今でもまだ間に合うのではないか。ここで、誤解を解けば。婚約破棄は間違いだった。違うんだと、そう言えば、まだこの夢を、どうにかできるのではないかと、ウィリアムは信じた。

だが、ギュスタヴィアはそうではない。

ツカツカと人の視線の先、イヴェッタが押さえつけられている場所まで歩み寄り、2人の騎士を引き離す。まだ成人してもいない、騎士の訓練も受けていない者などギュスタヴィアにとって全く敵ではない。

「っ⁉　貴様、なんだ⁉」

「何をッ」

剣や魔法を使うまでもなく両足の骨を砕いて大人しくさせると、ギュスタヴィアは膝をついているイヴェッタの手を取った。

「あなたは？」

「未来であなたの夫になる者です」

ぱちり、と、イヴェッタが菫色の瞳を瞬かせた。夢の中のイヴェッタとはいえ「誰？」という目を向けられ、ギュスタヴィアは自分の心に棘が刺さるような思いがした。

「本来のこの場所で、こうしてあなたを助けられたら、どれほど私の誇りとなったでしょう」

「不思議なことをおっしゃるのね。黒い髪に黒い目の、不思議な方」

イヴェッタを立ち上がらせ、ギュスタヴィアはその手に剣を渡した。

「どうぞ、ご自由にお使いください。この場であなたを侮辱した全員を殺しますか？　手伝いますよ。殴りますか？　逃げられないようにしておきますよ」

物騒な提案。しかしギュスタヴィアは本気だった。

思う存分、暴れたっていいじゃないか。夢の中でくらい、好きにして構わない。怒って、暴れて、泣き喚いて、どうしてと周囲を責めたててやろうと、ギュスタヴィアは囁いた。

「あなたにはその権利があります」

「ふふ、はは……素敵なことを、おっしゃるのですね」

イヴェッタは微笑んだ。

瞳には理解の色が浮かんでいる。この記憶の舞台で自分がこのあとどういう扱いを受けるのか、自覚した者の顔。それを受け入れるべきとしながら、ギュスタヴィアの提案に思案する様に瞳を細めた。

「あの時、この場所で……殿下の頬の一つでも、引っぱたいてやればよかったのかしら」

「そうしたければ、今からでもご自由に」

「ふふ、駄目ですよ。殴ったら、痛いじゃないですか」

「私はあなたに殴られましたよ。こう、かなり、腰を入れて」

「まぁ。わたくしが？」

「えぇ。鼻から血が出ました」

「わたくしがそんなことを。きっと、よほどのことをしたのですね」

「ええ、あなたの家族を侮辱しました」

「あら、あなた、よく生きていますね？」

仕留めきれなかったのかしら、とイヴェッタが小首を傾げた。そう言えばその件について謝罪はしていなかったとギュスタヴィアは思い出しながら、今はいいかと頭の隅においやる。

イヴェッタがギュスタヴィアに片手を差し出した。

「わたくし、殿下を殴り飛ばすより、この場の全員を切り刻むより、したいことがありますの。手伝ってくださいますか？」

「ええ、喜んで」

夢の中とは便利なもので、断罪される場面だったものが、ダンスホールのような開けた場所へ変わる。周囲の人間たちの嫌悪と驚きの目はそのまま、男爵令嬢を腕にしがみつかせるウィリアムもそのままに。

ギュスタヴィアがイヴェッタの手を取ると、音楽が流れ始めた。

「……私は、人間種のダンスの作法は分かりませんが」

「わたくしも、家族以外と踊るのは初めてですもの。足を踏んだらごめんなさい」

ゆっくりとした音楽で、イヴェッタが足を動かし始めた。ギュスタヴィアは戸惑いつつ、その動きに合わせる。エルザードの礼儀作法を心得てはいるものの、ギュスタヴィアが王宮の華やかな場に出ることはほとんどなかった。

「戦うことなら得意です。あなたの役に立てたでしょう」

そのつもりだった。

イヴェッタが感情のままにこの場で暴れるのなら、その手伝いをすることは問題がなかったのに、乞われたのはまさか、ダンスの相手とは。

「ウィリアムでなくてよかったのか」

「頬を引っぱたくより、素敵だと思いませんか？」

ほら、と、イヴェッタが視線で示すのは、茫然と立ち尽くしている金髪の青年。

「殿下はわたくしが、ご自分に惚れていてわたくしが嫉妬して馬鹿なことをしたのだと思ったのですよ。そういうわたくしが、目の前で素敵な方と楽しく踊っているなんて、素敵ですね」

「私はあてつけの道具、ということですか」

悪い気はしなかった。イヴェッタが「素敵な方」と言ったのがギュスタヴィアには気に入った。やはり黒髪が好みだったのだと確信しつつ、イヴェッタの手を上にあげ、くるり、と体を回転させる。楽し気に、イヴェッタが笑った。

「この後は？　何がしたいですか」

「そうですね。踊って、喉が渇くから、飲み物を飲んで、料理を食べたいです。少し休んだら、また踊って、夜更かしもしてみたいです」

ずっと、楽しみたかったのだとイヴェッタは言う。

「お分かりになっていらっしゃると思いますが、わたくしはイヴェッタの過去の記憶です。彼女がこの頃を思い出す度に、わたくしは膝をつかされ、婚約破棄を突き付けられてきました」

「なぜ、この時のあなたは反論しなかったのです？」

「わたくしは、いいえ、この時のイヴェッタは、そんなことより、パーティーを楽しみたくて、それだけだったのですよ」

茶番だと受け入れていた。自分の頭に浴びせられる罵声も何もかも、許す許さない以前に、どうでもよかったとイヴェッタは告白する。

「この先に、お進みになるのですね。夢から覚めた先に、行かれるのですね」

ギュスタヴィアは段々とダンスの勝手が分かってきた。剣舞と似ているところがあり、飲み込みは早かった。リードできるほどに慣れてくると、イヴェッタが「終わり」を予感する。

とん、と、イヴェッタがギュスタヴィアから一歩離れた。

水の神殿の神官服を纏う黒い髪に菫色の瞳の令嬢。長いスカートを軽く持ち上げて、背筋をまっすぐに伸ばしたまま美しいお辞儀をした。

◆◇◆◇◆

「お伽噺によくあるものね。呪われて眠りについたお姫様。目覚めさせるのは王子様の口づけと、そう思わない？」

夢の先の先。明けてみれば茨に覆われた闘技場の中心に、ガラスの棺。その横に佇むのは薄紅色の髪の吸血鬼。赤い瞳に夢見るような色を浮かべてうっとりと、ギュスタヴィアとウィリアムに視線を向けた。

「あら、嫌ね？　どうしたのかしら。２人して……恐い顔」

「なんだ、この茶番は」

きょとん、と首を傾げるウラド・エンド・スフォルツァにギュスタヴィアは吐き捨てるように問いかけた。今すぐその首を落としてやりたい思いはあるが、イヴェッタの横たわるガラスの棺はウラド公の魔法のようだった。

この茨の中、放っておけば竜に孵化するはずの切り花を自身の魔力の棺で封じたのはどういうわけか。世界の破滅を望んでいるのかと思いきや。

「……つまり、誰かが口づければイヴェッタは目覚めるのか？」

「あら！　さすがは素敵な王子様！　理解が早いわぁ」

嬉し気にウラド公は微笑み、ガラスの蓋を優しく撫でる。

「浮世の柵から逃げ込む夢の中。微睡んで、眠り姫が見る夢は悪夢かしらどうかしら。目覚めはいつも愛しいひとの口づけ。だけれど、気を付けなければならないわ。――愛のない口づけは乙女を汚し、毒になる。当然ね、王子様でない方に口づけられたなんて、虫唾《むしず》が走る」

待て、と、ウィリアムは目を見開いた。

「……〝違った〟ら、イヴェッタは死ぬのか？」

「えぇ、そうよ？　当然じゃない。目覚めさせてくれる王子様がいないお姫様は、竜になって世界を滅ぼすしかないの。それはそれでいいのだけれど……死んだ方が素敵じゃない？　自分は愛している、愛されているなんていう思い上がりが、この子を殺すの。でも大丈夫よね？　だって、王子様、それにギュスタヴィア、あなたはこの子に愛されているし、愛しているものね？」

どちらでもいいのよ、と微笑む意味はギュスタヴィアとウィリアムのことか、それとも結末のことなのか。とうに正気を失った女の真意は男2人には理解できない。

ウィリアムはギュスタヴィアを見た。これまで涼しい、余裕たっぷりとした態度であった美貌のエルフ。自分が強者であることを自覚している生き物が、今は目を見開き、じっと、身動き一つ取れずにいる。

ギュスタヴィアはなんの恐れも抱かず、イヴェッタに口づけするだろうと思っていた。

自分は、できない。その自覚がある。

イヴェッタを愛しているのかと聞かれれば、憎んではいない。どうしても、幼い頃から心に抱いた婚約者。こびり付いて離れない愛着、執着、彼女は自分のものだという傲慢な思い上がりが手放せない。この奇妙な「愛情」は、きっとイヴェッタとて同じだろう。

だが、だからこそ、理解している。

ウィリアムはイヴェッタを「一番」愛しているわけではない。イヴェッタよりも大切な存在が、いる。その己が呪いを解くために口づけなどすれば、赤い瞳の女の言う通り、もたらされるのは死という末路。

きっと女吸血鬼は「まぁ、悲劇ね！」と嬉しそうに、楽しむのだろう。さながら「いずれ将来を誓い合った仲だったのに、2人は運命の相手じゃなかったのね！　なんて悲しいのかしら！」と、観劇し感激する観客のように。

だから、ここでイヴェッタに口づける役はギュスタヴィアこそ相応しいはずだった。ウィリアムはあの夢の世界で、自分はイヴェッタのことを何一つ分かっていなかったことを理解した。

それよりも、イヴェッタに好かれようと、まるで幼子のように容姿を気にして、彼女が何を望むのかを考えるギュスタヴィアの方が、己よりとそのように。

「……ギュスタヴィア殿？」

「……」

動かぬギュスタヴィアに、ウィリアムは声をかけた。

「そうまでして……」

白い顔を真っ青にして、ギュスタヴィアは棺を見ている。

「そうまでして、私に、殺させたいのか」

◆◇◆◇◆

「選択肢が少ないのでは？」

棺に横たわる自身を眺め、私は突っ込みを入れた。

死かキスか？　私の同意もないのに、そういうことをして良いと思っているのだろうか??

ギュスタヴィア様とウィリアム殿下は何やら苦悩されているが、まずは頑張ってキス以外の方法を模索してくれないものだろうか。

自分の体を俯瞰《ふかん》できるとは中々に貴重な体験だけれど、状況がどうにもあまりよろしくない。

魂が抜けているのか、それともあの棺の中の私は私の外殻、あるいは竜になるための蛹でしかないのか、それはよく分からないけれど。とにかく私はずっと、ギュスタヴィア様の隣でこれまでのことを眺めていた。

（止めて頂けませんか！　ギュスタヴィア様をこれ以上いじめるの!!）

なんでだろうか。どうしてだろうか。エルフの方々はどうしてこう、寄ってたかってギュスタヴィア様を追い詰めるのだろうか。今も身動き取れず、どんどんロクでもないことばかり考えていらっしゃるだろう美貌のエルフの方。

そもそも私は、ウィリアム殿下がこのままでは死んでしまうと理解して、神に祈りはした。けれど、別にギュスタヴィア様に後始末をしてもらいたいだなどは、これっぽっちも思っていませんが!?

折角助けに来てくれたのに、その手を取れなかった。ギュスタヴィア様をこれまで巻き込んでおいて、最後の最後で、頼ろうとしなかったことへの謝罪の言葉は口にしたが、殺してくれ的な意味で言ったわけではありませんが!?

（この状況、ギュスタヴィア様が私に口づけて、私が死んだらこの後一生のトラウマというか、やっぱり自分を愛してくれる、自分が誰かを愛することなどできなかったのだ、的な傷になるじゃないですか）

エルフ的には、竜になる前に私を処分できてＯＫなのだろうけれど。

（さっきからずっと呼んでも全く気付いてくださらないんですよね！　お2人が私の真実の愛の相手じゃないからですかねー！　そうですね！　ここで気付いてくれる方とか運命っぽいですものねー！）

と、私は半分自棄になりながら叫ぶ。

……確かに、打算があったのは否めない。

自分が神に祈って再び竜の鱗に覆われようと、ギュスタヴィア様が「なんとか」してくださるだろうという、打算はあった。

しかし、それは「処分」的な、あまりに後ろ向きな解決策ではなく!!　駄目だ！

この世の不幸を背負ってもしょうがないみたいなギュスタヴィア様と、悪い方ではないけれど色々残念なウィリアム殿下だけだと……わたくしはこのまま眠り姫続投か、最悪色んなことに絶望したギュスタヴィア様が「いっそこの手で」と引導を渡してくるような気がする！

ある種の膠着《こうちゃく》状況だ。私は地面に座り込み、バンバン、と床を叩いた。

（魂のような状況なのかなんなのか分かりませんが！　死人一歩手前なので聞こえていますよね！　冥王様！　冥王様!!　聞こえてますよね！　出てきてください!!）

このままだとロクな展開にならないと、私は必死に神に祈った。

何度か叩いて暫く、ぱっくり、と地面が割れるようなそんな感覚。中に飲み込まれ、私の視界は真っ暗になった。

「……！」

落ちる感覚。てっきり体を強く打ち付けるかと痛みを覚悟したが、一向にそれはない。

「……そなたは、なぜ……一所に留まらぬのか……」

ふわり、と、何かに抱き留められる。恐る恐る、閉じていた目を開くと黒い異形の姿の、冥王様。

「……」

冥王様は私をゆっくりと下ろし、はるかに高い視線を少しでも合わせようとしてくださっているのか、身を屈めて顔を覗き込んでくる。

「……娘よ、まだそなたの部屋も……麗しい衣裳も揃っていないのだが……急ぎの用か？」

ここは冥界の、冥王様の館のようだった。

「わたくしの全く知らないところでなぜ冥府への転居準備が進んでいるのかは気になりますが……急ぎ、お願いしたいことがございます」

「……」

冥王様は、玉座につき、その膝の上に私を乗せた。

「……そなたに……贈り物がある」

「……は、はぁ」

パチン、と、冥王様が指を鳴らした。

「……!!」

べしゃり、と、虚空から誰かが落ちてくる。冷たい床に叩きつけられ、呻き声を上げるのは栗色の髪の……少女。

「マリエラ・メイ男爵令嬢……？」

「……っ、……？　何、ここ……何、あんた……イヴェッタ？」

ゆっくり体を動かして起き上がったのは、いつかのパーティーでお会いしたご令嬢。その時より、お顔付きが険しいのはこんな場所に突然放り込まれたからだろう。

「……冥王様、これは……」

「そなたへの贈り物だ。13年前に手に入れておいたのだが…………………あぁ、箱に詰めて……

……リボンをかけるべき……だったか……」

学友の前で、男性の膝の上に乗ったままというのは恥ずかしい。私が冥王様の側から離れると、冥王様は一瞬寂しそうな顔をされたが、無理なものは無理だ。

「随分変わったじゃない。ま、男に捨てられて国を追われた女がいつまでもふわふわしてられないわよね」

変わったというか、元に戻ったというか。まぁ、それは今はどうでもいいとして。

「……13年前……？」

「その娘は……13年前………そなたの国の女が……呪い殺した者たちの……生き残りなのだが………使えるので、手に入れておいた」

冥王様が呟く。

「……その娘はそなたへの贈り物。そなたの国の者たちは死なせておらぬが、そなたを笑った者、そなたに無関心であった者、そなたを邪魔した者………誰も彼も、すぐに冥界へ招くことが可能ゆえ………その娘、代用品も容易く孵化させられようぞ」

「………はい？」

「私は……心から……そなたの幸福を……願っている。ゆえに……そなたは、孵化せずとも良い………そなたは穏やかに……健やかに……生きるべき……。その娘は……義憤と敵意と……憎悪を持って……生きている……丁度良い。造花も、代用品程度には……良いものだ」

代用品。

冥王様がさらりと言った言葉。私はマリエラさんを振り返った。

「……何？　つまり、これ……あんたのせいだったわけ？」

呟いて、マリエラさんはご自分の腕や胸元をはだけさせる。

そこには私の体にある物と同じ、真っ赤な鱗が、びっしりと生えていた。

◆◇◆◇◆

「無様ですね」

王妃スカーレットは寝台の上で死にかけている夫を見下ろした。この国の誰よりも美しく権力のあった男は、痩せ衰え、ぼんやりとした目でスカーレットを見上げる。

「やぁ。君か」

従兄弟だった。幼い頃からスカーレットはテオに嫁ぐことが決まっていた。先代に、お前が男であれば王位を継がせただろう、と言われた時のことを、スカーレットは今でも覚えている。

「毒を盛ったのはわたくしです。それがお分かりにならない陛下ではないはずですが。なぜわたくしを放っておくのです」

「……そりゃ、まぁ。それなりにね、まさか君に恨まれてるとは思わなかったしねぇ」

ゲホゲホとテオが咳をすると血が口からこぼれる。仰向けでは苦しいのか起き上がり、背を丸めてゼイゼイと呼吸を繰り返した。

「……こうなって、国の重要事項のほとんどを考えなくて済むようになって、分かったよ。つまり、あの公爵令嬢。マリエラは見逃されたんじゃない。守られたわけだ。君の悪意から」

謎が解けると安心できる。死に損なって身動きもロクにとれない今の自分には、考える時間が多くあった。

「キファナ公爵家の一件があって、イヴェッタは化け物扱いになるはずだった。あんな小さな女の子のせいで有力な大貴族家が一夜で皆殺し。そんな生き物は怖いだろうね。でも、僕がそうはさせなかったわけだけど」

幼い伯爵令嬢。何も知らない、ただ神々に愛されただけの少女。おぞましいと、恐ろしいと眉を顰められる流れになっていたのを、テオは「これぞ神の奇跡！」と、大げさに喜んだ。

父を亡くしたテオがイヴェッタを魔女として焼かず、神の切り花だと有り難く飾り付けたことでこの国はこれまで栄えてきた。

「まぁ、君にはそれが気に入らなかったわけだ」

「……奇跡など！」

静かなスカーレットの顔に憎悪が浮かんだ。白い手を握りしめ、歯を強く噛む。

「国というものは、人が正しく治め守っていくべきものでしょう。偉大なる先代国王陛下が、先々代が、これまでの王族、貴族の努力の何もかもをわたくし達は受け継ぎ、国を救うために生まれてきたはずです」

あまりにも馬鹿にしていると、スカーレットは吐き捨てた。

イヴェッタ・シェイク・スピアの存在が、この女にとっては許しがたいことらしかった。

「あの女に頼って、そして今。どうです。あの女が消えれば国は衰える。一瞬で、あまりにもあっさりと。あの女を幸福にするためだけの舞台としてこの国は綺麗に飾り立てられていたのですよ」

スカーレットの目にはテオへの憎しみも浮かんでいた。戦友に裏切られた戦士のような目だった。共にヴィスタの教育を受け、国のために生まれ育てられてきたテオを、スカーレットは同志だと、そのように思っていたのだろう。けれどテオは、王族や政治による統治より、イヴェッタの齎す神の奇跡により国を豊かにする道を選んだ。

(それの何が悪いのか)

王妃の苦しみがテオには分からなかった。

どうであれ、なんであれ。国が豊かに、災いなく過ごせれば国民にとってはそれが最良だろう。血反吐を吐きながら田畑を耕し、やっとの思いで収穫を迎えられれば、それは確かに「報われた」となるだろうが、そんなことは耕した者だけの自己満足だ。市場で並べられる農作物がどう育った物だろうと、それを必要としている人間にとってはどうでもいいことだ。

鱗が肌を突き破る痛みに耐えながら、マリエラは目の前のイヴェッタ・シェイク・スピアを見て顔を顰めた。

「はぁ。何、つまり、それじゃああたしは、あんたが世界を滅ぼす竜にならないように、身代わりにってそこのオッサンに死なない状態にされて、あんたの代わりに、鱗が生えてるわけ？　あたしの不幸の大半が、あんたのせいってこと？」

「えぇ、まぁ。そうなりますね」

マリエラの知る、どこかぼんやりとした大人しそうな女ではなくなっていた。身一つで国から追い出されたので、さすがのイヴェッタも性格が変わったのだろう。ただ、菫色の目をまっすぐにこちらに向けて、背筋を伸ばして立っているイヴェッタは、伯爵令嬢として学園にいた頃よりずっと、貴族令嬢らしく見えた。

◆◇◆◇◆

この場所がどこか、マリエラには分からない。ただ、あまりいい雰囲気の場所ではない。イヴェッタはなんだってこんな場所にいるのか。

部屋の中は薄暗く、だけれど立派なシャンデリアや調度品がある。黒衣の、見るからに人間ではなさそうな大きな男は黙って立っていて、イヴェッタが何を言うのかじっと待っているようだった。

(あたしがこの女の身代わり)

王宮に軟禁されて、マリエラは宮中の噂や出来事を多少なりとも知ることができた。

13年前。絵本を取り上げた程度で兄は殺された。この女のせいで。

(そこまでされるほどのことだったの？)

兄についての記憶はある。良い兄ではなかった。公爵家の跡取り息子。両親は兄を可愛がっていた。兄はマリエラや使用人を傷付けるような残虐なところがあったが、両親はそれを「公爵家の跡取りとして人を罰し、支配する才能がある」と褒めていたのを覚えている。

マリエラは思い返す。

ある日突然、何もかも奪われた。何も分からず公爵家を追われてどんな暮らしをしてきたか。

マリエラは両親に「キファナ家は国にとって重要な一族」だと教えられてきた。王家だって、キファナ家を蔑ろにはできない。キファナ家に何かあれば、誰もが立ち上がり戦うだろうと、自慢げに話していた。

(だから愚かにも、子供の頃は信じてた。きっと誰か助けに来てくれるって)

路地裏で残飯を漁っている時も、孤児院に保護されて孤児たちに虐められていた時も、良い子にして待っていれば、迎えに来てくれる馬車が現れるのだとマリエラは信じて待っていた。

（まぁ、そんなことはなかったんだけど）

「……つまり、あたしはあんたを恨んで良い理由があって、あたしがあんたを陥れたことに対して、あたしにはちゃんとした権利があったってことね」

「ご家族を前に申し上げるのもなんですが……キファナ公子の件に関しましては、私はちっとも、今でも、やり過ぎた、とか、悪かった、とかはありませんよ」

「あんたの前じゃ、人の命なんて軽いってことね」

「あのぅ！　某、申し上げますが！　命を軽く扱ったのは、そちらであると思うのですが!!」

ひょいっと、誰かが割り込んできた。声は聞こえる。姿は見えなかったが、視界の下の方に何かふわふわとした……尻尾と耳？

「……猫」

「はい！　某、イヴェッタ様の第一の騎士、猫騎士のカラバと申します！」

三毛の三角耳をふわふわとさせて、ぴょこぴょこと猫が跳ねる。この薄暗い場所に似合わない愛らしい存在にマリエラは戸惑いながらも、一瞬顔が綻んだ。

「某の兄弟はキファナ公子なる男の子に嬲り殺されました。袋に詰められて木の棒で何度も叩かれた者。池の中に放り込まれて、石を投げつけられた者。乱暴に脚を掴まれ何度も高く放り投げられ千切れた者。おりました。たくさん。おりました」

三毛猫騎士はマリエラの前に膝をつき、ゆっくりと話した。帽子をかぶったその顔、表情は見えない。

「……」

マリエラは沈黙する。兄がそういうことをする人間であることは、知っていた。だから驚かない。兄が虐待死させた猫たちの兄弟だというこの猫騎士がイヴェッタに仕えている。つまり、13年前、兄が死んだのは絵本を取り上げたから、というだけではなかったのだろう。

「……たかが」

猫の子程度で。と、マリエラは言おうとした。どうせ野良猫だったのだろう。お腹を空かせて王宮にでも迷い込んだのか。そこで運悪く兄に見つかって殺された。仕方のないこと。猫程度で。兄は死ななければならなかったのかと、言おうとして、マリエラは躊躇った。

なら自分は、今この場でこの三毛猫騎士を蹴ることができるだろうか。小さな存在。マリエラが自分に危害を加えるとは思ってもいないだろう。そんな存在を蹴り飛ばしたり、袋に詰めたりできるか。できない。普通はできない。しない。

兄は猫だけではなくマリエラや使用人たちも殴れたし、蹴ることができた。

(きっと、生きていたら……使用人の何人かは、死んでいたでしょうね)

「……ってことは、あんた。あたしに復讐したいんじゃないの?」

マリエラはしゃがみ込んで三毛猫の帽子をひょいっと取った。可愛い顔の猫。ぼろぼろと目から大粒の涙を流して震えている。

兄弟猫たちが殺された時のことを思い出したのだろう。

「……ご令嬢を？　どうしてですか？」

「だってあたしはあんたの兄弟を殺したやつの妹じゃない」

兄はもういないから、生き残った妹を憎んで詰りでもすれば、少しは気が紛れるんじゃないかとマリエラは提案した。でないとこの猫が、どうしたらその小さい体を震わせて悲しまないでいられるのか、マリエラには思いつかなかった。

憎んで恨んで怒っていれば、悲しまないで済む。

「……ねぇ、このままだと、あたしは竜になって死ぬわけ？」

マリエラはふと、じぃっとしている黒衣の男に声をかけた。答えない。マリエラを羽虫か何かとでも思っているのか、会話をする相手だと認識していない。

「なってもいいわよ。別に」

「……マリエラさん？」

イヴェッタが眉を顰める。

「憎んで燃えていないとやってられないのよ。あたしは。あたしを見捨てた王家に消えて欲しいってずっと思ってる。イヴェッタ、あんたが国をどうこうする女だったなんてこと、どうでもいいのよ。君臨するだけで統治する気のなかった王家を、あたしは潰してやりたいのよ」

マリエラは信じていた。王様は、王族の方々は、貴族を助けてくれると。けれど見捨てた。なら消えてしまえと、それがマリエラの原動力だった。

「竜になったら一番に、ルイーダを焼いてやるわ。更地にして、ざまぁって、叫んでやるわ」

◆◇◆◇◆

地上に戻るには冥王様にお伺いを立てなければならないと言うと、マリエラさんは嫌そうな顔をした。

「冥王って、さっきからずーっとあたしを無視してる男でしょ。このあたしを無視する男なんて普通はいないのに」

「人間とは違いますから、マリエラさんの魅力が通じないこともありますよ」

ころころと表情が変わり、いつも世の中を憎んでいるように睨んだマリエラさんは強く魅力的だと私の目には映った。

「で、あんたなんだってこんなところにいるの？」

「えぇ、それが。国から出て、色々ありまして……今はエルフの国を滅ぼしそうになっているんですけど……あ、私の婚約者様をご覧になりますか？」

部屋の大きな鏡の前に行くと、エルフの国の様子が映し出された。硝子の棺の前で膝をつき、苦悩していらっしゃるギュスタヴィア様。

「顔の良いエルフね……イヴェッタ、あんた……凝りもせず、顔で相手を選んだの？」

「死ぬか結婚するか迫られたのでお顔はあまり判断材料ではなかったですね」

懐かしい、と私は頬に手をあてる。

「あら、ウィルじゃない。なんでいるわけ？　あたしが言うのもなんだけど、あれでも一国の王子なんだからこんなところにいたら色々まずいんじゃないの？」

私はかいつまんで、ウィリアム殿下が私への嫌がらせのためにエルフの大貴族に攫われたことを説明した。

「それで……今は、ギュスタヴィア様が、私にキスして私を殺そうと、悩まれているというところです」

「なんで？」

「なんで……とは？」

「いや、だから、なんで？　あんた、あのエルフのこと好きなんだから、死なないでしょ」

不思議そうにマリエラさんは首を傾げる。

「その、いえ。あの、マリエラさんの勘違いでは？」

即座に、私は否定の言葉を口にした。

眠り姫の毒。愛し愛される互いでなければ、口づけは毒となって眠る者を殺してしまう。

世界のために。人間種のために。ウィリアム殿下のために、私が死のうとしていると、そのようにギュスタヴィア様はお考えになられて、そして、ご自身が私を最も愛しているという自信のないあの方は、私を殺す覚悟を迫られているとそのように追い詰められているのだ。

だから、私がなんとかしないと。

そう思って、頼ったのは冥王様。だというのに冥王様は、そんな結末にはならないと興味なさそうに立っていらっしゃる。

マリエラさんは「こいつ何言ってんだ」というような顔で私を見ている。

「私とて……なぜそなたが否定するのか分からないが……」

ふむ、とやっと冥王様が動いた。鏡の前に立ち、ゆらり、と長い髪が揺れる。

「そもそも、そなたのこと。死ぬことの何の都合が悪いのか」

「……」

「そなたはそうだ。そなたなら、そうだろう。此度のことなら仕方ない。あの王子、幼い頃のそなたが何よりもと望み守り続けたあの王子のために祈り、死ぬのなら仕方がないと、そなたは納得したはずだ。父母の思いより優先すべきと、その結果は了承済みだ。ただの問題としては竜となり世界を焼くことを、ギュスタヴィアが止めるかと、その一点。自身の生死は問わぬだろう」

淡々と語られる言葉。私は顔を歪め、目を伏せた。

「わたくしのことを、よくご存知ですのね」

「私ほどそなたの心を考える者はおらぬだろう。そなたが何を望み、何を憂うのか。そなたが生まれてからずっと、それればかり考えている」

はぁ、と、冥王様の溜息。

「だというのに、そなたの心はよく分からぬ。周りに蠢く悪意が、そなたの学友どももやつまらぬ村の者どもを害そうと、死なぬようにはしている。が、何がそなたにとっての正解なのか」

私は玉座の間を眺めた。照らすのは青白い蝋燭の炎。本来寂しい場所だったのだろう内装。それが今は、明らかに場にそぐわない赤や桃色の派手な色のリボンやテープがあちこちに飾られ、天井には割られるのを待つ大きなくす玉さえある。入り口に垂れ下がっているのは「祝・冥界入り」という大きな文字の垂れ幕に、部屋の隅にはなぜか大きな樫の木と、その下に積み上げられた贈り物の山。白いテーブルクロスの敷かれた長いテーブルの上には料理こそ載っていないが、銀のお盆や食器がセッティングされていた。

「が、今のそなたは問題視している。ギュスタヴィアがそなたを殺めることを『あってはならぬ』と、そのように問題視して、この父に『そうはならないように』と求めに来た。なぜ厭う？　あってはならぬのは自身の死、ではなかろう。ギュスタヴィアが苦しむことだ」

ギュスタヴィア様は、私になんでもしてくださる。何もかもを、差し出してくださる。

……父も、母も、そこまではしてくれなかった。大切なものがあって、一番に優先はできなかった。父母は私とともに国から出てくれることはなく、領民の生活、家臣たちの人生の何もかもの責任を持ち続けた。素晴らしい選択だ。私もそれを望んではいない。当然だ。

ダーウェとゼルにとっても、自分は一番ではない。当然だ。まだ出会ったばかりだもの。

神々が私を優先してくださったのは、私が神々の願いを叶える竜になるからだ。

ルイーダ国の国王が私を大切にしてくださったのは、国益となる神の切り花だったからだ。

大切にされる理由があって、そして、一番にはならない。一番大切なもののために、私を愛することはあっても、私はそれではなく、何もかもの対価になど成り得ない。

なのに、ギュスタヴィア様はいつも、私のために投げ出される。

(もう、わたくしを愛しているフリなどしなくてもよろしいのですよ)

打算や利があったはず。化け物性を押し込めるための演技だったはず。私は都合の良い存在だったはずで、ギュスタヴィア様にとっても、一番ではなかったはずだ。ギュスタヴィア様の一番は兄君だったはずだ。

なのに、私はギュスタヴィア様が私を殺してしまえば苦しむと分かっていて、そして、それが嫌だった。

「……わたくしは」

鏡に映るギュスタヴィア様を見つめながら、私は口を開いた。

「よく、分かりません。愛されることは得意だし、愛するのも。だけど、恋はきっと違うのですね。よく、分からないけれど」

嫌だ、と、そう思う。

「ギュスタヴィア様が、辛い思いをするのが、嫌です。あの方はずっと、ご自分の心を殺されて他人のために生きてこられた。それが嫌です。ギュスタヴィア様がそうと決めてきたことだとしても、嫌です。私はあの方に楽しいことだけ、起きてくれればいいとそう、願っています」

そして、できればその時に、自分も一緒にいられたらと。あまりにも、身勝手に。

「だからそれって、好きってことなんじゃないの？」

呆れるマリエラさんの声。

◆◇◆◇◆

目を開ければ、そこにはギュスタヴィア様の相変わらず美しいお顔。泣きだしそうなお顔になられていても、お綺麗でいらっしゃる。私が目を開けた事に驚き見開かれる金の瞳。

私は両手を伸ばし、ギュスタヴィア様に口づけた。

「自力で起きましたが、目覚めの口付けは必要だと思います」

軽く触れるだけの口付けの後に、それだけ言って微笑むと今度はギュスタヴィア様が私を抱きしめた。あまりに力が強くて、骨が軋む音がする。

てっきり笑ってくださると思ったのに、どうして泣いてしまわれるのか。

震える大きな体をゆっくりと擦り、私は目を伏せた。

◆◇◆◇◆

ハッピーエンドがあるのなら、これほど丁度いい場面もないだろう。

苦労苦難の連続だった美貌の青年（実年齢ウン千年）と、神の執着により不遇を託つ少女が意地悪な魔女の呪いに打ち勝って、お互いの想いを知る麗しい場面。

吟遊詩人が口ずさむ恋愛歌やお伽噺の「おしまい」に相応しい光景、ではあった。

しかし、けれど、だけれども。

誠にもって残念ながら、美貌の青年ことギュスタヴィアが兄に愛されたいがためにエルザードの国にしてきた仕打ちはどう言い繕っても悪逆非道。兄のためだなんだと聞こえはいいが、結局のところは自分の欲を通したまでのこと。

対して不遇な少女ことイヴェッタとて、自分が憎んだ末に人が死んだ罪悪感から逃げ出して、死んだのは神が裁いたからだと思い込もうとした身勝手さ。

感動的に抱きしめ合おうとなんだろうと、ここに至るまでにエルフの国と、人間種の街が一つ半壊しているし、なんなら村一つ滅んでいる。2人にはなんの関係もないのに人生が変えられた者は数知れず。

他人の屍を積み上げて進み続けるような二人。他人からすれば悪夢かあるいは災害だ。

これが物語であるのなら、悪役として倒されるべき生き物に違いなく、そういう二人であるので、やはり今も「めでたしめでたし」というわけにはいかなかった。

「出ていけ」

茨の檻は消え失せた。エルフたちの魂を冥王が受け取り拒否したためか、幸いにも死者はなく、しかし死の恐怖と理不尽な搾取が魂に刻まれた者たちは、王弟ギュスタヴィアへの恐怖心

を思い出し、そして彼らが蔑ろにできると見縊った人間種の小娘への絶望を焼きつけた。

一夜明けて、宮殿の王の間。

疲れ切った顔のルカ・レナージュの言葉には「もううんざりだ」という、これ以上関わりたくないという疲労感があった。始終、ギュスタヴィアへの嫌悪感は隠しもせず、しっしと追い払うような手つきさえしてくる。

「その女を連れてどこへなりとも行くがいい」

追放処分だ。金輪際《こんりんざい》この国の土を踏むなと、国王としてのお達し。化け物どもとなんぞ共存できると思った己が愚かだったと、共存する気もない自分の本音は棚に上げて。

相対するのは銀の髪のギュスタヴィア。兄の決別宣言に黙し、何を考えているのか分からない顔をしている。

が。そんな二人の静かな別れの沈黙に、イヴェッタ・シェイク・スピアは遠慮しなかった。

ツカツカとルカ・レナージュの方まで歩いていくと白銀の竜を身の内より呼び出して、そのままエルフの王にけしかけた。

「は!?　はぁ!?」

「あら、嫌だ。なぜ避けるのです？」

頭を齧ってやろうと思いましたのに、と微笑むのは貴族のご令嬢に相応しい美しく可憐な顔。

「避けるに決まっているだろう！　貴様、小娘……ッ、何を考えている！」

「何って……いやですわ。お義兄様、脅しているんですよ」

と、悪びれもせずイヴェッタは答え、頬に手をあてた。

「わたくし、申しましたよね？　ギュスタヴィア様をいじめるの、お止めくださいって。言葉で言って駄目でしたので、脅しているんです」

「き、貴様……」

「ギュスタヴィア様になさったこと、悔い改めて謝罪してください、などとは申しません。できもしないことは求めません。ただ、脅します。これ以上ギュスタヴィア様をいじめるのなら」

ふん、とレナージュは鼻で笑い飛ばした。

たかが人間種の小娘に何ができるのか。守護精霊の力は強く、形は竜であるけれど、それでもレナージュの守りの魔法を崩せるものではない。

レナージュが自身の優位への確信を持っていると、イヴェッタは守護精霊を自身の内に呼び戻し、両手を胸の前で合わせた。

「祈りますよ、この地で」

色々ありましたが、切り花に戻りました。神を、冥王様は尊敬できると信じています、と、その心に偽りなし。この地で祈って、エルフの名誉の何もかもに泥を塗ってやれるんだぞと脅し。

ひくり、とレナージュは顔を引き攣らせた。

「イヴェッタ」

祈りの歌を口ずさみかねない切り花を止めたのは王弟ギュスタヴィア。やはり優先するのは兄かという再確認、ではなくて。

「私も少し、考えてみたのです。レナージュ、その玉座、私が座った方が良いのでは？」

ギュスタヴィアはそのまま剣を抜き、レナージュに向けた。咄嗟にレナージュが張り巡らせた防御の結界。

それらが容易く砕かれて、ガラガラと魔力の残骸が崩れ落ちる。

「辛いのでしょう。苦しいのでしょう。私ごときに座らせられたその場所が。思い患うのであれば、その王冠は、兄上が嫌いで憎くてたまらない、この私が引き受けて差し上げますよ」

この状況での、まさかの王位簒奪はさすがのレナージュも予想していなかった。控えていたロッシェとて同じこと。出遅れて、いや、ロッシェは咄嗟にレナージュを庇おうとした自身の足を、理性で堪えた。

レナージュの瞳がロッシェを映す。瞬時に浮かんだ感情は「裏切ったのか」とそのように責める色。ロッシェは顔を歪めて、首を振った。どんな意味であったのか、それをレナージュが理解したのか、それはロッシェにも分からなかった。

最終章　迷子の子どもたち

そうして、1カ月後、新たなエルフの王の戴冠式が行われた。

粛清と称して多くの貴族の血が流れたが、玉座が赤いのは常のこと。銀の髪に黄金の瞳を持つ、戦闘帝と謳われた美しい国王は、先代国王にして兄であるルカ・レナージュを塔に幽閉し、諸侯を自身の足元に平伏させ忠誠を誓わせた。

その傍らには、最愛王の腹心であったはずの宮廷魔術師と、大公スフォルツァ。

瞬く間に境界線の防衛と強化を果たした新国王陛下は、偉業をもって民に受け入れられた。

「国に帰ったら、結婚するわよ。ウィル」

「……は？」

盛大な戴冠式と同時に行われるのは、新国王と王妃に迎えられる人間の娘の結婚式。

銀の髪に深緑の冠を乗せた新国王に、白いドレスを着た黒い髪の新王妃。その純白のベールの端を持つのはふわふわとした二股の尾を持つ三毛猫。得意そうに耳をぴんとまっすぐに伸ばして、胸を張っている。

白い花弁が魔法で空から惜しげもなく降らされ舞う、青い空の下。新婦側の数少ない参列者であるウィリアムは、隣に座ったマリエアに唐突に言われ、間の抜けた声を上げた。

「……結婚？　君と、私がか？」

「他に誰がいるのよ」

「……いや、だが……それは、一番〝無い〟だろ？」

ウィリアムは不気味な生物を見るようにマリエラを見つめた。思わず呟いた言葉は反射的なものだったが、マリエラを傷付けたのではないかと、思いすぐに慌てて言葉を続ける。

「いや、それは、君が私を騙していたからだとか、そういう意味でじゃなくて……」

「アンタがあたしを嫌っていても、なんだろうと、あたしとアンタは共犯者なのよ」

分からないの？　馬鹿ね、と、マリエラは呆れたように笑う。

「アンタがイヴェッタを捨てた。唆《そそのか》したのはアタシだけど。決めたのはアンタ、で、国が今、ぐらゃぐちゃになってる。──そこまでしたかったわけじゃないわ」

ぽつりとマリエラは零した。

「あんたの父親のテオに言われた。王家が憎くて潰すのは良いとして、ここまでしたかったのかって。だから、テオを殺させてくれるなら、全部終わりにするって約束したんだけど。──あたしが復讐するべきだったのは、スカーレットだったのよ」

「……イヴェッタじゃなくて、か？」

「はぁ？」

「いや、これは別に……義母上を庇っているわけではないんだが……君の不幸の原因は、イヴェッタだろ？　もちろん、イヴェッタはただ、神に愛されていただけなんだが……」

マリエラは以前城でイヴェッタを罵倒した。あれは自分の不幸の原因がイヴェッタにあったと知ったからだと思ったが……。

「兄が死んだことと、アタシの不幸は別の問題でしょ。スカーレットが公爵家を潰さなかったら、あたしはただ兄が子供のころ亡くなったってだけだったのよ」

エルフの王室の華やかな結婚式を見下ろしながら、マリエラは溜息を吐く。

「ウィル。あんたはアタシが選んだ手駒なのよ。スカーレットに復讐するのを、あんたは手伝ってよ。あの女が大事なのは自分が国を動かす存在でいられること。だから、ウィル、あんたが王位を継いで、あたしが王妃になるから」

その手段がないわけではないのを、ウィリアムもなんとなく感じ取っていた。

イヴェッタはこれでめでたしめでたし、エルフの国で生きるだろう。ルイーダの呪われた者たちは、イヴェッタが竜になるために利用はできず、冥王も保留にしていた死の抑止を解除すると聞いた。なんの罪もない国民が、苦しめられた後に、死んでいく。ウィリアムにもスカーレットを倒す理由はあった。

ウィリアムは隣で微笑むマリエラを見つめる。結婚式に参列するために、エルフの国のドレスを纏ったマリエラの腕からは、赤い鱗が覗いていた。

「君はこれから、憎んで怒って恨んで、燃えるように生きていくんだろう」

「これまでもずっとそうだったわよ」

今更何を言うのかと、マリエラが顔を顰める。ウィリアムは、マリエラが自分に見せてきた顔の全てが偽物であったことを受け入れながら、こうして今目の前にいるマリエラを見つめた。

マリエラはウィリアムを復讐の対象とはしていなかった。テオも、既に彼女の中では対象外になっているのだろう。マリエラはただ純粋に、まっすぐに、スカーレットに敵意を定めた。

憎悪だけではないのだと、ウィリアムは理解した。

ただ憎くて恨んでいるというだけなら、マリエラは無差別に、王族全てを復讐の対象にしたはずだ。王家が見捨てたと思ったからこそ、ウィリアムに近付いたように。けれど彼女の中で、狙うのはスカーレットだけで良いと判断した。

それは、マリエラにとって奪われた幸福、未来を取り戻すために復讐が必要だからだ。

「私が君の凶器になろう。王妃スカーレットを倒し、君を王妃にしよう」

マリエラの手を両手で握り、ウィリアムは頭を垂れた。

何も分からなかった少年時代。何も知らずに幸福でいられた学生時代。今もまだ、十分に理

解できているわけではないのだろうけれど。

「な、なによ……急に」

「君を選んだのは私だ。君が私を共犯者に仕立て上げたのだから、お互い観念するべきなんだ」

マリエラが竜になるのは、嫌だな、とウィリアムは思った。燃えるように生きている女。復讐できるのなら世界の敵になっても構わないと言う女。

ウィリアムはイヴェッタを見下ろした。

白い美しいドレスを着て、美しいエルフの男と並んでいる美しいかつての婚約者。

彼女を見捨てた自分は苦労をするべきだし、国が荒れた原因は、彼女ではなく自分にあるのだと、ウィリアムは自覚した。

◆◇◆◇◆

存外上手くいくものだなという事実は、ロッシェにとって少々の驚きがあったものの、概ね「まぁ、そうだろうな」という認識も、やはりあった。

ギュスタヴィアの統治。恐るべき戦闘帝が、兄王をその玉座から引き摺り下ろし幽閉した、王位簒奪。当初混乱はあったものの、エルザードにとって目下の脅威は魔の侵攻。

これについて、今更ながら再確認を行えば、ようは魔とは神族とは別種。

今の人間種を作り出した〝神〟がこの世の自然現象や何もかもを司《つかさど》る。通常は精神世界に封じられた連中が、それらを奪い返そうと、神々の世界に攻め込むためにこの世界を通路とする。

エルフとしては神と魔なんぞ勝手に殺しあってくれと思うが、通路にされ蹂躙されるのはたまったものではない。世界は人間種だけ存在するわけではない。

それであるので、魔の出現地点である〝北の島〟をぐるりと囲む土地をエルフや魚人族、鬼種などといった長寿種の国が統治し栄えた。

エルザードは竜からのみでなく、泥のように溢れ続ける魔の者ども、旧時代は〝神仏《デーヴァアダッダ》〟と呼ばれた者どもを薙ぎ払い、この世界を守る役目があった。神族から連中を守る結果に他ならないが、国が栄えれば栄えるほど、エルフが増え国が豊かになるほどに、ただの通路になるわけにはいかないと、土地だけではなく、国を守る意識も強くなった。

それゆえ、魔の者たちを絶対的に圧倒し、ことごとく倒し続けることのできるだけの実力を持つギュスタヴィアは、国民の望みとエルフの使命その両方を満たすことのできる人物なのだ。

それがこの300年、忌み嫌われる存在と認識されたのは他ならないギュスタヴィア当人のそれまでの振る舞い。傍若無人で他を顧みぬ、蹂躙するだけの乱暴者であるという周知ゆえ。

そんな怪物を抑えたレナージュこそが王として相応しい存在であると、そんな茶番だった。

「冗談のような結果なんで、本当、どうかと思いますがね。先の出陣で、連中が３００年かけて侵攻した土地を奪い返せました。前線が本国から遠くなればなるほど、まぁ、遠征に時間はかかりますが……一度防衛ラインを再編成できれば、これまでの防衛戦とはまるで変わります」

報告書をまとめ、ロッシェはギュスタヴィアに話しかける。王位簒奪から5度。ギュスタヴィアは出陣した。その結果。じわじわと迫りつつあった魔の侵略は一掃され、多くのエルフの兵が殺されず生き残り、国に帰ることができた。

ギュスタヴィアは可能な限り戦線を国から遠ざけ、北の島に魔の者たちを追い払った。

そうなれば、戦線は遠いが、防衛のための兵力は極端に少なく済む。ギュスタヴィアは自身で騎士や軍人たちを選別し、有能なものが指揮を取れるようにと事細かに再編成を行った。

宮中の礼儀作法や陰謀に疎いギュスタヴィアであっても、戦闘に関しては十分な才能があり、これまで個人で戦うだけだった男が集団を使える立場になればどうなるか。

「そうか」

長々としたロッシェの報告をギュスタヴィアは黙って聞いていた。こちらに向けて傲慢な様子の一切がない。淡々としている。

「先の戦いまでの戦死者の家族への弔慰《ちょうい》、負傷者への今後の生活保障、支援や治療についてはどうなっている」

時折ギュスタヴィアは質問を挟んだ。ロッシェはそれについて、規定通りの回答を行う。遺族や負傷者についての保障はこれまで通り行えているので、その質問は簡単に返せた。

金額について答えたところで、ギュスタヴィアは「少ないな」と言葉を漏らす。

「防衛ですから、何か利益が発生するわけではありません」

他国との戦争であれば相手からの賠償金や奪った土地の収入などを得ることができる。だが、湧き出て流れ出してくる異界の存在を退ける防衛戦。(国内の経済が回らないわけではないが)国として兵士に支払い続ける金額は、膨れ上がることはあっても減ることはない。

「この300年の間の戦死者は私が死なせた」

「……いや、駄目だからな。ギュスタヴィア殿下、いや、陛下。そりゃ、駄目だ」

「死ぬ必要のなかった者たちだ」

ロッシェは目を見開いた。それは、駄目だ。その思考は、王として相応しくはない。

ギュスタヴィアは、兄王にあえて討たれたのか、それはロッシェには分からない。自分の有益さだけを盾にし続けたその結果。その盾が国からなくなって起きた悲劇の何もかもを、ギュスタヴィアは自分の責任だと、そう判断しているようだ。

ギュスタヴィアが兄に愛されることだけを望まなければ、死ななかった者たちだと。

自分が戦場から消えることなく、残り続ければ、戦地に行く必要さえなかった者たちだと。

そう判断し、償い、十分な補償をすべきだとそう決めようとしている。

違うだろう。恐るべき剣帝。戦闘狂いの王弟殿下は、恐怖でもって支配されるのだと、そのように考えられるべきだった。圧倒的な支配力。恐怖と力を持って、王位簒奪を正当なものとする強引さを披露する舞台を、ロッシェは整えるつもりだった。

(そうか、これが、素なのか)

ロッシェは顔を歪めて、唇を噛んだ。

傲慢に尊大に、他人を踏み付ける必要などなくなれば、ギュスタヴィアは冷静だった。あの人間種の娘の影響により、寛容と贖罪を得た結果なのか。皮肉なことだ。被り続けたその仮面、取り払えばこのように静かな泉のような人物が、国を治めるために思考し実行することを厭わない。

「裏切り者のくせに」

有力な貴族たちを集めたパーティーで、注目されるロッシェが影で囁かれる嘲りは常にその単語から始まるか、あるいは終わった。

(ま、そりゃ、そうなるだろうな)

煌びやかなパーティー会場。一度半壊した宮殿は瞬く間に修繕され、美しい音楽にシャンデリアの明かり、着飾った美しいエルフたちが集う社交場となった。

今や〝先王《マグダレア》〟と呼ばれるようになった、最愛王ルカ・レナージュの忠臣。乳兄弟。側近中の側近。懐刀。呼び方はなんでもいいのだけれど、かつてそのように並べられた肩書の全てを、ロッシェは一瞬にして失った。

いや、奪われたというような、他へ責任の押し付けをするのは卑怯だろう。

あの瞬間。あの時。あの場所。

ギュスタヴィアの剣がレナージュに向けられ、傍には神の切り花の明確な敵意。レナージュに対して、どちらも殺意はなかった。だが、もしロッシェがその間に立ちふさがれば、ギュスタヴィアはロッシェを殺しただろう害意は感じた。邪魔になるという判断。ロッシェがいなければ、レナージュから王位を奪うことは容易いと、それだけの価値が宮廷魔術師にして、ブーゲリア公、最愛王の忠臣にはあった。

一種の、駆け引きだったのだろうと、ロッシェは回想する。

夢想したロッシェの「最も幸福な最期」は、容易く手に入るのだとそのような誘惑。ロッシェは、いつか自分のおかした罪の何もかもを清算できることを夢見ていた。

レナージュを庇って死ぬことが、ロッシェの最高の幸せで、望みだった。

あの瞬間、あの場所、あの時で、ロッシェはギュスタヴィアの瞳を見た際に、察した。

『あ、叶うわ。これ』

レナージュを庇って、死ねる。

国が混乱した。憤怒の竜の降臨は未然に防げたが、王の権威は損なわれ、王弟ギュスタヴィアの存在感が増してしまった状況で。レナージュが自分の玉座の秘密を知ってしまった状況で。

ギュスタヴィアが、兄を見限った状況で自分だけは、望みを叶えられるとロッシェは理解した。

自分が殺されれば、レナージュはそれを利用して「上手くやる」ことができるかもしれない。

しかしレナージュはロッシェを失う。自分のために死んだという事実に囚われて苦しんでくれるかもしれない。本気になって、これまで以上にギュスタヴィアを虐げ追い詰め、なりふり構わず排除しようと命を燃やすかもしれない。

親愛を持つ友の顔で、王を愛する家臣の顔で、レナージュの前に飛び出して、そのまま凶刃に倒れられたら、どれほど幸福だろうか。その想像、一瞬の夢想の甘美さはロッシェの胸をいっぱいにした。もう何の罪悪感に苛まれることもない。

若いエルフが戦地に送られどれほど死ぬのか、分かっていながら指示を出すこともない。

ただ忠臣として、あっぱれな、家臣の鑑として庇って死ねたなら、どれほど良いだろうか。

(そりゃ、駄目だろう。それは、駄目だろうな)

一瞬の夢の後の、判断。自分だけ許されていいわけがない。

自分はもっと、苦しまなければならないと、そのように、ロッシェは理解していた。

だから、庇おうと動き出した足を、理性で押し留めた。

レナージュの瞳がロッシェを映す。瞬時に浮かんだ感情は「裏切ったのか」とそのように責める色。ロッシェは顔を歪めて、首を振った。

「陛下、折角の勝戦祝賀のパーティーですよ。もっとこう、楽しそうな顔をなさってくださいよ」

パーティー会場で、自身に向けられる様々な感情を受け入れ、ロッシェは着飾ったギュスタヴィアに笑顔を向ける。へらり、と、人好きのする笑顔。ギュスタヴィアはシャンデリアの灯りに煌めく王冠が、本当によく似合っていた。英雄王と、そのように、いずれ呼ばれるようになるのだろうとそんな予感。

祝いの場。誰もがギュスタヴィアに言葉をかけられたいと望んでいた。

美しい娘を連れる貴族の者たちは、しかし少ない。先の騒動で、ギュスタヴィアが「切り花を妻に望んだ」事実は知れ渡り、その切り花が竜に孵化せず人の身に戻ったという事実も。望んで竜の尾を踏める者はエルフにも多くなく、王宮に集まる貴族にその該当者はいなかった。

「楽しむことは、私の仕事ではないだろう。恙なく進行し功労者が労われればそれでいい」

印象が変わり過ぎて不気味だが、ロッシェは突っ込みはいれなかった。

音楽が流れ始めた。こういう時は、まず国王が妃を伴って踊り、それが合図となって他の参加者たちも躍る流れなのだが、ギュスタヴィアの王妃となった女はこの場には現れない。

ぶすっとしているギュスタヴィアに、ロッシェはおどける。

「陛下はダンスは苦手ですか？　ダンスの上手い男はモテますよ。王妃様だってそうですよ」

嘘だが、こう言うとギュスタヴィアの態度は変わる。そうなのか、と、ギュスタヴィアが神妙な顔をした。ロッシェは苦笑する。

信じるなよ、友を裏切った男の言葉なんぞ。と、そのように言うのは卑怯だろうか。

王妃となったイヴェッタは少し前から必要最低限の場にしか顔を出さなくなった。

理由は単純。

「産後の運動に軽いダンスは良いそうですから、陛下が上手くリードしてゆっくり踊れるようになったら、良いんじゃないですかね。王妃様はダンスがお好きですし」

「なるほど。そうか」

王妃様と、産まれてくる子どもの話になるとギュスタヴィアの表情がずっと柔らかくなる。

そして、そういう姿が、国民たちを安心させた。

恐ろしい、おぞましき悪魔の子と呼ばれたギュスタヴィアも、これですっかり、安心だと。

例えばそれは俄《にわか》狂言、あるいは茶番。

世の中には、茶番というものがあるらしい。
そして結構、世の中の者たちは茶番というものを好むようだ。

あとがき

いつもお世話になっております。枝豆ずんだです。

この度は「出ていけ、と言われたので出ていきます」最終巻をお手に取っていただきありがとうございました。

こうして最終巻まで出させていただき、ツギクルブックス様、そしてここまでお付き合いくださいました読者の方々、本当にありがとうございます。

流行りの婚約破棄モノ、聖女モノということで始めた当作品ですが、まさか4巻まで出させていただけるとは思ってもおりませんでした。

4巻で一番大変だったことは……原稿の時点で軽く360ページを越えており、一冊に収めることが可能なページまで本文を削ることです。もう、ざっくり、ざっくり、容赦なく削りました。残念なことですが、ちょっと気に入っていたエピソード、ちょい役との交流など、バッサッサ削りました。この後書き無くしてその分を本文に回せないものかとも思いました（笑）。すいません正直言いますと、この後書きを書いている現在もまだ290ページあって削り切れておらず、担当のK女史とやりとりしております。

書籍版のみのキャラクターといえば4巻では猫騎士カラバと、ドルツィアの皇帝カーライルくんが出てきております。担当Kさんが猫騎士さんを気に入ってくださったので、彼の出番はあまり削らないように気を付けました(/・ω・)/

カーライル君は元々ちょい役で3巻のみのキャラだったのに、イラストレーターの緑川先生がとても素敵に描いてくださったので「これは4巻も出さないといけない」と思いました。正直ページ数の関係さえなければ2人の結婚式に友好国の皇帝として参列してるシーンも入れたかったです。

物語はここで「めでたしめでたし」になってはいますが、まだまだ問題は山積みでこれからもイヴェッタさんの周りでは色々あるんでしょう。それでもギュっさんが一緒ですし、カラバくんもいるのでなんとかなるんだろうと思います。

繰り返しになりますが、ここまでお付き合いいただいて、本当にありがとうございました。またどこかでお会いできれば、その時はどうぞまたよろしくお願いいたします。

２０２３年５月11日　枝豆ずんだ　神奈川の自宅にて

次世代型コンテンツポータルサイト

ツギクル　https://www.tugikuru.jp/

「ツギクル」はWeb発クリエイターの活躍が珍しくなくなった流れを背景に、作家などを目指すクリエイターに最新のIT技術による環境を提供し、Web上での創作活動を支援するサービスです。

作品を投稿あるいは登録することで、アクセス数などの人気指標がランキングで表示されるほか、作品の構成要素、特徴、類似作品情報、文章の読みやすさなど、AIを活用した作品分析を行うことができます。

今後も登録作品からの書籍化を行っていく予定です。

ツギクルAI分析結果

「出ていけ、と言われたので出ていきます4」のジャンル構成は、ファンタジーに続いて、SF、歴史・時代、恋愛、ミステリー、ホラー、青春、現代文学の順番に要素が多い結果となりました。

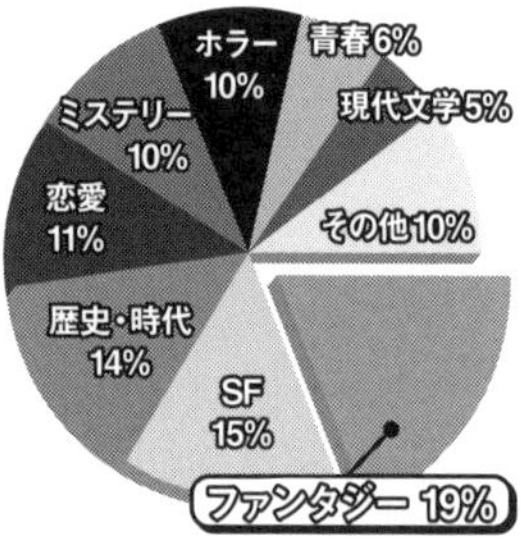

期間限定SS配信

「出ていけ、と言われたので出ていきます4」

右記のQRコードを読み込むと、「出ていけ、と言われたので出ていきます4」のスペシャルストーリーを楽しむことができます。ぜひアクセスしてください。
キャンペーン期間は2023年12月10日までとなっております。

「精霊の花嫁」の兄は、
騎士を諦めて
悔いなく生きる
ことにしました
Seirei no hanayome no ani ha, kishi wo akiramete kuinaku ikirukotoni shimashita
著 池乃家あひる
イラスト 松本テマリ
スパダリおっさん×家出青年、冒険ファンタジー！
僕はあなたと旅します！
精霊王オルフェンに創造されたこの世界で、唯一精霊の加護を授からなかったディアン。落ちこぼれと呼ばれる彼とは対照的に、妹は精霊に嫁ぐ名誉を賜った乙女。だが、我が儘ばかりで周囲に甘やかされる妹に不安を募らせていたある日、ディアンは自分の成績が父によって改ざんされていた事を知る。「全てはディアンのためだった」とは納得できずに家を飛び出し、魔物に襲われた彼を助けたのは……不審点しかない男と一匹の狼だった。
これは、他者の欲望に振り回され続けた青年と、彼と旅を続けることになったおっさんが結ばれるまでの物語である。
定価1,320円（本体1,200円＋税10%）　ISBN 978-4-8156-2154-4
ツギクルブックス
https://books.tugikuru.jp/

ちったい俺の
巻き込まれ
異世界生活
1～4
著 ぬー
イラスト こよいみつき
異世界転生したら幼児になっちゃいました!?
コミカライズ
企画進行中！
ちったい俺でも
異世界を楽しんでいい？
巻き込まれ事故で死亡したおっさんは、幼児ケータとして異世界に転生する。聖女と一緒に降臨したということで保護されることになるが、第三王子にかけられた呪いを解くなど、幼児ながらに次々とトラブルを解決していく。
みんなに可愛がられながらも異才を発揮するケータだが、ある日、驚きの正体が判明する——
ゆるゆると自由気ままな生活を満喫する幼児の異世界ファンタジーが、今はじまる！
定価1,320円（本体1,200円＋税10%） ISBN978-4-8156-1557-4
ツギクルブックス
https://books.tugikuru.jp/

ツギクルブックス

愛読者アンケートに回答してカバーイラストをダウンロード！


愛読者アンケートや本書に関するご意見、枝豆ずんだ先生、緑川　明先生へのファンレターは、下記のURLまたは右のQRコードよりアクセスしてください。

アンケートにご回答いただくとカバーイラストの画像データがダウンロードできますので、壁紙などでご使用ください。

https://books.tugikuru.jp/q/202306/deteike4.html

本書は、「小説家になろう」（https://syosetu.com/）に掲載された作品を加筆・改稿のうえ書籍化したものです。

出《で》ていけ、と言《い》われたので出《で》ていきます4

2023年6月25日　初版第1刷発行

著者　枝豆《えだまめ》ずんだ

発行人　宇草 亮
発行所　ツギクル株式会社
〒106-0032　東京都港区六本木2-4-5
TEL 03-5549-1184
発売元　SBクリエイティブ株式会社
〒106-0032　東京都港区六本木2-4-5
TEL 03-5549-1201

イラスト　緑川　明
装丁　株式会社エストール

印刷・製本　中央精版印刷株式会社

ISBN978-4-8156-2156-8
Printed in Japan